# Die Madonna der Zukunft

Henry James

Writat

Diese Ausgabe erschien im Jahr 2023

ISBN: 9789358811988

Herausgegeben von
Writat
E-Mail: info@writat.com

# DIE MADONNA DER ZUKUNFT
## von Henry James

Wir hatten von den Meistern gesprochen, die nur ein einziges Meisterwerk geschafft hatten – den Künstlern und Dichtern, die nur ein einziges Mal in ihrem Leben die göttliche Eingebung gespürt und die hohe Ebene der Vollkommenheit berührt hatten. Unser Gastgeber hatte uns ein bezauberndes kleines Kabinettbild eines Malers gezeigt, dessen Namen wir noch nie gehört hatten und der nach diesem einzigen krampfhaften Streben nach Ruhm offenbar in Vergessenheit und Mittelmäßigkeit zurückgefallen war. Es gab einige Diskussionen über die Häufigkeit dieses Phänomens; Währenddessen saß, wie ich bemerkte, H--- schweigend da, trank seine Zigarre mit meditativer Miene aus und betrachtete das Bild, das um den Tisch herumgereicht wurde. „Ich weiß nicht, wie häufig das vorkommt“, sagte er schließlich, „aber ich habe es gesehen. Ich habe einen armen Kerl gekannt, der sein einziges Meisterwerk gemalt hat, und“, fügte er lächelnd hinzu , „ das hat er nicht einmal gemalt.“ Er hat sich auf den Weg zum Ruhm gemacht und ihn verpasst.“ Wir alle kannten H--- als einen klugen Mann, der viele Menschen und Manieren gesehen hatte und über einen großen Vorrat an Erinnerungen verfügte. Jemand fragte ihn sofort weiter, und während ich von der Begeisterung meines Nachbarn über das kleine Bild fasziniert war, ließ er sich dazu bewegen, seine Geschichte zu erzählen. Wenn ich zweifeln würde, ob es eine Wiederholung wert wäre, müsste ich mich nur daran erinnern, wie diese charmante Frau, unsere Gastgeberin, die den Tisch verlassen hatte, sich in raschelndem Rosa zurück wagte, um unser Verweilen als Mangel an Galanterie zu verkünden und festzustellen Sie bildete einen Zuhörerkreis, sank trotz unserer Zigarren in ihren Stuhl und hörte sich die Geschichte so gnädig an, dass sie, als die Katastrophe erreicht war, zu mir herüberblickte und mir eine Träne in jedem ihrer schönen Augen zeigte.

* * * * *

Es bezieht sich auf meine Jugend und auf Italien: zwei schöne Dinge! (H--- begann). Ich war am späten Abend in Florenz angekommen, und während ich beim Abendessen meine Flasche Wein austrank, hatte ich mir eingebildet, dass ich, obwohl ich ein müder Reisender war, der Stadt ein größeres Kompliment machen könnte, als indem ich vulgär zu Bett ging. Ein schmaler Durchgang verlief dunkel aus dem kleinen Platz vor meinem Hotel und schien ins Herz von Florenz zu führen. Ich folgte ihm und landete nach zehn Minuten auf einer großen Piazza, die nur vom milden Herbstmondlicht erfüllt war. Gegenüber erhob sich der Palazzo Vecchio, wie eine riesige Stadtfestung, mit dem großen Glockenturm, der aus seinem umkämpften

Rand emporragte wie eine Bergkiefer vom Rand einer Klippe. An seinem Fuß schimmerten in seinem projizierten Schatten einige dunkle Skulpturen, denen ich mich verwundert näherte. Eines der Bilder links von der Palasttür zeigte einen prächtigen Koloss, der durch die dämmrige Luft leuchtete wie ein Wächter, der Alarm geschlagen hat. In einem Moment erkannte ich ihn als Michael Angelos *David* . Mit einer gewissen Erleichterung von seiner finsteren Stärke wandte ich mich einer schlanken Figur aus Bronze zu, die unter der hohen, hellen Loggia stand, die mit der freien und eleganten Spannweite ihrer Bögen dem toten Mauerwerk des Palastes entgegentritt; eine Figur von überaus wohlgeformter und anmutiger Gestalt; Sanft, fast, obwohl er mit seinem leichten, nervösen Arm den schlangenförmigen Kopf der abgeschlachteten Gorgone hinhielt. Sein Name ist Perseus, und Sie können seine Geschichte nicht in der griechischen Mythologie, sondern in den Memoiren von Benvenuto Cellini lesen. Als ich von einem dieser feinen Kerle zum anderen blickte, stieß ich wahrscheinlich irgendeinen unbändigen Lobgesang aus, denn wie von meiner Stimme provoziert erhob sich ein Mann von den Stufen der Loggia, wo er im Schatten gesessen hatte, und sprach Ich sprach in gutem Englisch eine kleine, schlanke Gestalt, gekleidet in eine Art schwarze Samttunika (wie es schien) und mit einer Fülle kastanienbraunen Haars, das im Mondlicht schimmerte und aus einem kleinen mittelalterlichen Birretta hervorlugte . In einem Tonfall der einschmeichelndsten Ehrerbietung fragte er mich nach meinen „Eindrücken". Er wirkte malerisch, fantastisch, leicht unwirklich. Als er sich dort in diesem geweihten Viertel aufhielt , hätte man ihn vielleicht für den Genie der ästhetischen Gastfreundschaft gehalten — wenn der Genius der ästhetischen Gastfreundschaft nicht gewöhnlich ein schäbiger kleiner Verwalter gewesen wäre, der ein Kattuntaschentuch in der Hand hielt und offen über den geteilten Franc verärgert war. Diese Analogie wurde durch die brillante Tirade, mit der er mein verlegenes Schweigen begrüßte, noch vervollständigt.

„Ich kenne Florence schon lange, Sir, aber ich habe sie noch nie so schön kennengelernt wie heute Abend. Es ist, als wären die Geister ihrer Vergangenheit in den leeren Straßen unterwegs. Die Gegenwart schläft; Die Vergangenheit schwebt um uns herum wie ein sichtbar gemachter Traum. Stellen Sie sich die alten Florentiner vor, die in Paaren vorbeischlendern, um über die letzte Aufführung von Michael von Benvenuto zu urteilen! Wir sollten eine wertvolle Lektion erhalten, wenn wir belauschen könnten, was sie sagen. Der schlichteste Bürger von ihnen, in seiner Mütze und seinem Talar, hatte Geschmack daran! Das war der Höhepunkt der Kunst, Sir. Die Sonne stand hoch am Himmel, und ihr breiter und gleichmäßiger Glanz ließ die dunkelsten Orte hell und die trübsten Augen klar werden. Wir leben am Abend der Zeit! Wir tappen in der grauen Dämmerung herum, jeder trägt sein armes kleines Bündel selbstsüchtiger und schmerzhafter Weisheit, hält es den großen Vorbildern und der düsteren Idee entgegen und sieht nichts als überwältigende Größe und Dunkelheit. Die Zeiten der Erleuchtung sind vorbei! Aber wissen Sie, ich habe das Gefühl – ich habe das Gefühl" – und ihm wurde plötzlich in dieser visionären Leidenschaft fast vertraut – „ ich glaube, das Licht dieser Zeit ruht hier eine Stunde lang auf uns!" Ich habe den David noch nie so großartig und den Perseus so schön gesehen! Selbst die minderwertigen Werke von Johannes von Bologna und Baccio Bandinelli scheinen den Traum des Künstlers zu verwirklichen . Mir kommt es vor, als ob die mondhelle Luft mit den Geheimnissen der Meister gefüllt wäre und als ob wir, wenn wir hier in religiöser Aufmerksamkeit stehen, Zeuge einer Offenbarung werden könnten!" Ich nehme an, dass dieser interessante Rhapsodist in diesem Moment innehielt und errötete, als er mein stockendes Verständnis in meinem verwirrten Gesicht widerspiegelte. Dann mit einem melancholischen Lächeln: „Sie halten mich wohl für einen mondsüchtigen Scharlatan. Es ist nicht meine Angewohnheit, auf der Piazza herumzulaufen und unschuldige Touristen anzugreifen. Aber heute Abend, das gestehe ich, bin ich verzaubert. Und dann kam mir irgendwie vor, du wärst auch ein Künstler!"

„Ich bin kein Künstler, das muss ich leider sagen, denn Sie müssen den Begriff verstehen. Aber bitte entschuldigen Sie sich nicht. Auch ich bin verzaubert; Ihre beredten Bemerkungen haben es nur noch vertieft."

„Wenn du kein Künstler bist, bist du es wert, einer zu sein!" erwiderte er mit einem ausdrucksstarken Lächeln. „Ein junger Mann, der spät abends in Florenz ankommt und, anstatt prosaisch zu Bett zu gehen oder in seinem Hotel über dem Reisebuch zu hängen , ohne Zeitverlust hinausgeht, um der Schönen seine Devoirs zu erweisen, ist ein junger Mann nach meinem eigenen Herzen!"

Das Rätsel war plötzlich gelöst; Mein Freund war Amerikaner! Er muss es gewesen sein, weil er sich das Malerische so sehr zu Herzen genommen hat. „Trotzdem vertraue ich", antwortete ich, „wenn der junge Mann ein schäbiger New Yorker ist."

„Die New Yorker waren großzügige Förderer der Kunst!" antwortete er weltmännisch.

Einen Moment lang war ich beunruhigt. Waren diese Mitternachtsträumereien bloße Unternehmungen der Yankees und war er lediglich ein verzweifelter Pinselbruder, der sich hier postiert hatte, um von einem umherschlendernden Touristen einen „Befehl" zu erpressen? Aber ich wurde nicht aufgefordert, mich zu verteidigen. Plötzlich ertönte ein großer, dreister Ton von der weit entfernten Spitze des Glockenturms über uns und läutete den ersten Mitternachtsschlag ein. Mein Begleiter zuckte zusammen, entschuldigte sich dafür, dass er mich aufgehalten hatte, und bereitete sich darauf vor, sich zurückzuziehen. Aber er schien mir so lebhaft weitere

Unterhaltung zu versprechen, dass ich mich nicht von ihm trennen wollte und vorschlug, dass wir gemeinsam nach Hause schlendern sollten. Er stimmte herzlich zu; Also verließen wir die Piazza, gingen an den mit Statuen verzierten Arkaden der Uffizien entlang und gelangten auf den Arno. Welchen Kurs wir eingeschlagen haben, kann ich mich kaum erinnern, aber wir wanderten eine Stunde lang langsam umher, während mein Begleiter nach und nach eine Art mondänen, ästhetischen Vortrag hielt. Ich hörte verwirrt und fasziniert zu und fragte mich, wer zum Teufel er war. Mit einem melancholischen, aber respektvollen Kopfschütteln gestand er seine amerikanische Herkunft.

„Wir sind die Enterbten der Kunst!" er weinte. „Wir sind zur Oberflächlichkeit verdammt! Wir sind vom magischen Kreis ausgeschlossen. Der Boden der amerikanischen Wahrnehmung ist eine arme, kleine, unfruchtbare künstliche Ablagerung. Ja! wir sind mit der Unvollkommenheit verbunden. Um herausragende Leistungen zu erbringen, muss ein Amerikaner nur zehnmal so viel lernen wie ein Europäer. Uns fehlt der tiefere Sinn. Wir haben weder Geschmack noch Fingerspitzengefühl noch Macht. Wie sollen wir sie haben? Unser raues und grelles Klima, unsere stille Vergangenheit, unsere ohrenbetäubende Gegenwart, der ständige Druck unschöner Umstände auf uns sind so leer von allem, was den Künstler nährt, anspornt und inspiriert, wie mein trauriges Herz frei von Bitterkeit ist, wenn ich das sage! Wir armen Aspiranten müssen im ewigen Exil leben."

„Du scheinst im Exil ziemlich zu Hause zu sein", antwortete ich, „und Florenz scheint mir ein sehr hübsches Sibirien zu sein. Aber kennen Sie meinen eigenen Gedanken? Nichts ist so müßig, wie über unseren Mangel an nährstoffreichem Boden, an Möglichkeiten, an Inspiration und allem anderen zu reden. Der würdige Teil besteht darin, etwas Gutes zu tun! Dagegen gibt es in unserer herrlichen Verfassung kein Gesetz. Erfinden, schaffen, erreichen! Egal, ob Sie fünfzigmal so viel lernen müssen wie eines davon! Wofür bist du sonst noch Künstler? Sei du unser Moses", fügte ich lachend hinzu und legte meine Hand auf seine Schulter, „und führe uns aus dem Haus der Knechtschaft!"

„Goldene Worte – goldene Worte, junger Mann!" rief er mit einem zärtlichen Lächeln. „'Erfinden, schaffen, erreichen!' Ja, das ist unser Geschäft; Ich weiß es ganz gut. Halten Sie mich, um Himmels willen, nicht für einen Ihrer unfruchtbaren Nörgler – ohnmächtige Zyniker, die weder Talent noch Glauben haben! Ich bin bei der Arbeit!" – und er sah sich um und senkte die Stimme, als wäre das ein ganz eigenartiges Geheimnis – „ Ich bin Tag und Nacht bei der Arbeit." Ich habe eine *Schöpfung vorgenommen* ! Ich bin kein Moses; Ich bin nur ein armer geduldiger Künstler; aber es wäre eine schöne Sache, wenn ich in unserem durstigen Land einen dünnen Strom der Schönheit zum Fließen bringen würde! Halten Sie mich nicht für ein eingebildetes Monster", fuhr er fort, als er mich über die Gier, mit der er meine Illustration annahm, lächeln sah; „Ich gestehe, dass ich in einer dieser Stimmungen bin, in denen Großes möglich scheint! Dies ist eine meiner nervösen Nächte – ich träume vom Aufwachen! Wenn um Mitternacht der Südwind über Florenz weht, scheint er die Seele von all den schönen Dingen zu locken, die in ihren Kirchen und Galerien eingeschlossen sind; Es kommt mit dem Mondlicht in mein eigenes kleines Studio und lässt mein Herz so tief schlagen, dass es keine Ruhe mehr gibt. Sie sehen, ich füge meiner Vorstellung immer einen Gedanken hinzu! Heute Abend hatte ich das Gefühl, dass ich nicht schlafen könnte, wenn ich nicht mit dem Genie von Buonarotti gesprochen hätte!"

Er schien mit der lokalen Geschichte und Tradition bestens vertraut zu sein und erzählte *con amore* über den Charme von Florenz. Ich vermutete, dass er ein alter Bewohner war und dass er die schöne Stadt in sein Herz geschlossen hatte. „Ich schulde ihr alles", erklärte er. „Erst seit ich hier bin, lebe ich wirklich, intellektuell. Nach und nach sind alle profanen Wünsche, alle bloßen weltlichen Ziele von mir abgefallen und haben mir nichts als meinen Bleistift, mein kleines Notizbuch" (und er tippte auf seine Brusttasche) „und die Anbetung des Reinen hinterlassen." Herren – diejenigen, die rein waren, weil sie unschuldig waren, und diejenigen, die rein waren, weil sie stark waren!"

„Und waren Sie die ganze Zeit über sehr produktiv?" Ich fragte mitfühlend.

Er schwieg eine Weile, bevor er antwortete. „Nicht im vulgären Sinne!" sagte er schließlich. „Ich habe beschlossen, mich niemals durch Unvollkommenheit zu manifestieren. Das Gute in jeder Aufführung habe ich wieder in die schöpferische Kraft neuer Kreationen aufgenommen; das Schlechte – davon gibt es immer genug – habe ich religiös zerstört. Ich kann mit einiger Genugtuung sagen, dass ich kein bisschen zum Müll der Welt beigetragen habe. Als Beweis meiner Gewissenhaftigkeit" – er hielt inne und musterte mich mit außerordentlicher Offenheit , als wäre der Beweis überwältigend – „ Ich habe noch nie ein Bild verkauft!" „Wenigstens kein Handelsverkehr in meinem Herzen!" Erinnern Sie sich an diesen göttlichen Satz in Browning? Mein kleines Atelier wurde nie durch oberflächliche, fieberhafte Söldnerarbeit entweiht. Es ist ein Tempel der Arbeit , aber auch der Freizeit! Kunst ist lang. Wenn wir für uns selbst arbeiten, müssen wir uns natürlich beeilen. Wenn wir für sie arbeiten, müssen wir oft innehalten. Sie kann warten!"

Dies hatte uns zu meiner Hoteltür geführt, was, wie ich gestehen muss, zu meiner Erleichterung war, denn ich hatte begonnen, mich der Gesellschaft eines Genies dieser heroischen Sorte nicht gewachsen zu fühlen. Ich verließ ihn jedoch nicht ohne der freundlichen Hoffnung Ausdruck zu verleihen, dass wir uns wiedersehen würden. Am nächsten Morgen hatte meine Neugier nicht nachgelassen; Ich wollte ihn unbedingt bei Tageslicht sehen. Ich rechnete damit, ihn in einem der vielen malerischen Orte von Florenz zu treffen, und war sofort zufrieden. Ich fand ihn im Laufe des Vormittags in der Tribüne der Uffizien – dieser kleinen Schatzkammer weltberühmter Dinge. Er hatte der Venus von Medici den Rücken gekehrt, und während seine Arme auf dem Geländerbecher ruhten, der die Bilder schützt, und seinen Kopf in seinen Händen vergraben, war er in die Betrachtung dieses großartigen Triptychons von Andrea Mantegna versunken – a Arbeit, die weder den materiellen Glanz noch die beherrschende Kraft einiger ihrer Nachbarn hat , die aber durch die Schönheit geduldiger Arbeit strahlt und möglicherweise einem beständigeren Bedürfnis der Seele entspricht. Ich betrachtete das Bild einige Zeit über seine Schulter; Schließlich wandte er sich mit einem schweren Seufzer ab und unsere Blicke trafen sich. Als er mich erkannte, stieg ihm eine tiefe Röte ins Gesicht; er bildete sich vielleicht ein, dass er sich über Nacht lächerlich gemacht hatte. Aber ich reichte ihm meine Hand mit einer Freundlichkeit, die ihm versicherte, dass ich kein Spötter war. Ich erkannte ihn an seinem leidenschaftlichen *Chevelure* ; ansonsten war er sehr verändert. Seine Mitternachtsstimmung war vorbei, und er sah bei Tageslicht so abgemagert aus wie ein Schauspieler. Er war viel älter, als ich angenommen hatte, und er besaß weniger Mut in Kostümen und Gesten. Er schien der stille, arme, geduldige Künstler zu sein, den er sich selbst genannt hatte, und die Tatsache, dass er noch nie ein Bild verkauft hatte, war eher offensichtlich als herrlich. Sein Samtmantel war abgenutzt, und sein kurzer Schlapphut mit antikem Muster zeigte einen Rostfleck, der ihn als „Original" und nicht als eine der malerischen Reproduktionen auswies, die Brüder seines Fachs lieben. Sein Blick war sanft und schwer, und sein Gesichtsausdruck war einzigartig sanft und nachgiebig; umso mehr wegen einer gewissen blassen Magerkeit, von der ich kaum wusste, ob sie sich auf das verzehrende Feuer des Genies oder auf eine dürftige Ernährung beziehen sollte. Ein ganz kurzes Gespräch klärte jedoch seine Stirn und brachte seine Beredsamkeit zurück.

„Und das ist Ihr erster Besuch in diesen verzauberten Hallen?" er weinte. „Glückliche, dreimal glückliche Jugend!" Und er nahm mich am Arm und bereitete sich darauf vor, mich der Reihe nach zu jedem der herausragenden Werke zu führen und mir die Besten der Galerie zu zeigen. Doch bevor wir die Mantegna verließen, drückte er meinen Arm und warf ihm einen liebevollen Blick zu. „ *Er* hatte es nicht eilig", murmelte er. „Er wusste nichts von ‚roher Eile, Halbschwester von Delay!'" Wie fundiert mein Freund als Kritiker war, kann ich nicht sagen, aber er war ein äußerst amüsanter; voller Meinungen, Theorien und Sympathien, voller Diskussionen, Klatsch und Anekdoten. Er war eine Spur zu sentimental für meine eigenen Sympathien, und ich vermutete, dass er eine zu große Vorliebe für feinste

Unterscheidungen hatte und subtile Absichten an oberflächlichen Stellen entdeckte. Manchmal stürzte er sich auch in das Meer der Metaphysik und zappelte eine Zeit lang in Gewässern, die für intellektuelle Sicherheit zu tief waren. Aber sein umfassendes Wissen und sein glückliches Urteilsvermögen erzählten eine rührende Geschichte langer, aufmerksamer Stunden in dieser anbetenden Gesellschaft; Es gab einen Vorwurf an meinen verschwenderischen Spaziergängen in einer so hingebungsvollen Kultur der Möglichkeiten. „Es gibt zwei Stimmungen", erinnere ich mich an seinen Ausspruch, „in denen wir durch Galerien gehen können – die kritische und die ideale." Sie ergreifen uns nach Belieben, und wir können nie sagen, wer an die Reihe kommt. Die kritische Stimmung ist seltsamerweise die freundliche, die herablassende. Es genießt die hübschen Trivialitäten der Kunst, ihre vulgäre Klugheit, ihre bewussten Anmut. Es ist ein freundlicher Gruß für alles, was so aussieht, als ob es dem Maler bei seinem Licht Spaß gemacht hätte – für die kleinen holländischen Kohlköpfe und Kessel, für die spitzen Finger und luftigen Mäntel spät kommender Madonnen, für die kleinen blauen … hügelige, pastorale, skeptische italienische Landschaften. Dann gibt es die Tage wilder, anspruchsvoller Sehnsüchte – feierliche Kirchenfeste des Intellekts –, in denen jede vulgäre Anstrengung und jeder kleine Erfolg eine Ermüdung ist und alles außer dem Besten – dem Besten vom Besten – Ekel ist. In diesen Stunden sind wir unerbittliche Aristokraten des Geschmacks. Wir werden Michael Angelo nicht für selbstverständlich halten, wir werden Raphael nicht ganz verschlingen!"

Die Galerie der Uffizien ist nicht nur reich an Besitztümern, sondern auch besonders glücklich in Bezug auf diesen schönen architektonischen Zufall, wie man es nennen kann, der sie – mit der Breite des Flusses und der Stadt dazwischen – mit den fürstlichen Gemächern des Pitti-Palastes verbindet . Der Louvre und der Vatikan vermitteln kaum ein so dauerhaftes Gefühl der Abgeschiedenheit wie diese langen Passagen, die über Straße und Bach hinausragen und eine Art unantastbaren Übergang zwischen den beiden Kunstpalästen schaffen. Wir gingen durch die Galerie, in der diese kostbaren Zeichnungen bedeutender Hände keusch und grau über dem Wirbel und Rauschen des gelben Arno hingen, und erreichten die herzoglichen Saloons der Pitti. So herzoglich sie auch sind, man muss zugeben, dass sie als Ausstellungsräume unvollkommen sind und dass es mit ihren tiefliegenden Fenstern und ihren massiven Zierleisten eher ein gebrochenes Licht ist, das die abgebildeten Wände erreicht. Aber hier wimmelt es von Meisterwerken, und man scheint sie in einer ganz eigenen, leuchtenden Atmosphäre zu sehen. Und die großen Salons mit ihren prachtvollen gedämpften Decken, ihrer Außenwand im herrlichen Schatten und dem düsteren Gegenlicht der sanften Leinwand und düsteren Vergoldung geben selbst ein fast ebenso schönes Bild ab wie die Tizianer und Raffaels, die sie unvollkommen enthüllen. Wir verweilten kurz vor vielen Raffael und Tizian; aber ich merkte, dass mein Freund ungeduldig war, und ließ mich schließlich von ihm direkt zum Ziel unserer Reise führen – der zärtlichsten und schönsten Jungfrau Raffaels , der Madonna auf dem Stuhl. Von allen schönen Bildern der Welt schien mir dieses dasjenige zu sein, mit dem Kritik am wenigsten zu tun hat. Keines verrät weniger Anstrengung, weniger den Erfolgsmechanismus und die unbändige Diskrepanz zwischen Konzeption und Ergebnis, die sich in so vielen vollendeten Werken nur schwach abzeichnet. Anmutig, menschlich und unseren Sympathien nahe, hat es nichts von Manieren, von Methode, fast nichts von Stil; es erblüht dort in runder Sanftheit, so instinktvoll mit Harmonie, als wäre es ein unmittelbarer Ausklang des Genies. Die Figur lässt den Geist des Betrachters in einer Art leidenschaftlicher Zärtlichkeit dahinschmelzen, von der er nicht weiß, ob er sich der himmlischen Reinheit oder dem irdischen Charme verschrieben hat. Er ist berauscht vom Duft der zartesten Mutterschaftsblüte, die jemals auf der Erde blühte.

„Das nenne ich ein schönes Bild", sagte mein Begleiter, nachdem wir eine Weile schweigend zugeschaut hatten. „Ich habe das Recht, das zu sagen, denn ich habe es so oft und so sorgfältig kopiert, dass ich es jetzt mit geschlossenen Augen wiederholen könnte. Andere Werke stammen von Raffael: Dies *ist* Raffael selbst. Andere kann man loben, man kann sie qualifizieren, man kann sie messen, erklären, erklären: Das kann man nur lieben und bewundern. Ich weiß nicht, in welcher Erscheinung er unter den Menschen wandelte, während diese göttliche Stimmung auf ihm lastete; aber danach konnte er sicherlich nichts anderes tun, als zu sterben; Diese Welt hatte ihm nichts mehr beizubringen. Denken Sie eine Weile darüber nach, mein Freund, und Sie werden zugeben, dass ich nicht schwärme. Denken Sie daran, wie er dieses makellose Bild sah, nicht für einen Moment, nicht für einen Tag, in einem glücklichen Traum oder in einem unruhigen Fieberanfall; nicht als Dichter im fünfminütigen Rausch – Zeit, sich seinen Satz zu schnappen und seine unsterbliche Strophe zu kritzeln; aber tagelang, während die langsame Arbeit des Pinsels weiterging, während die faulen Dämpfe des Lebens dazwischenlagen und die Fantasie vor Spannung schmerzte, fest, strahlend, deutlich, wie wir es jetzt sehen! Was für ein Meister, auf jeden Fall! Aber ah! was für ein Seher!"

„Glauben Sie nicht", antwortete ich, „dass er ein Model hatte und dass eine hübsche junge Frau …"

„Eine so hübsche junge Frau, wie Sie wollen! Das mindert das Wunder nicht! Er verstand seinen Hinweis natürlich und die junge Frau saß möglicherweise lächelnd vor seiner Leinwand. Doch inzwischen hatte die Idee des Malers Flügel bekommen. Kein schöner menschlicher Umriss könnte es zu einer vulgären Tatsache machen. Er sah, wie die schöne Form vollendet wurde; er erhob sich zu der Vision ohne Zittern, ohne Flügelanstrengung; Er kommunizierte von Angesicht zu Angesicht mit ihr und löste die Reinheit, die sie vervollständigt, wie der Duft die Rose vervollständigt, in einer feineren und lieblicheren Wahrheit auf. Das nennen sie Idealismus; Das Wort wird stark missbraucht, aber die Sache ist gut. Es ist jedenfalls mein eigenes Credo. Schöne Madonna, Vorbild und Muse zugleich, ich rufe Sie auf, zu bezeugen, dass auch ich ein Idealist bin!"

„Ein Idealist also", sagte ich halb scherzhaft, um ihn zu weiteren Äußerungen zu provozieren, „ist ein Herr, der in der Person eines schönen Mädchens zur Natur sagt: ‚Geh zu, du liegst völlig falsch!' Dein Feines ist grob, dein Helles ist düster, deine Anmut ist *übertrieben* . So hättest du es machen sollen!' Ist die Chance nicht gegen ihn?"

Er drehte sich fast wütend zu mir um, aber als er den freundlichen Beigeschmack meines Sarkasmus wahrnahm, lächelte er ernst. „Sehen Sie sich dieses Bild an", sagte er, „und hören Sie auf mit Ihrem respektlosen Spott! Idealismus ist *das* ! Es gibt keine Erklärung; man muss die Flamme spüren! Es sagt der Natur oder einem schönen Mädchen nichts, dass sie nicht beide vergeben werden! Darin heißt es zur schönen Frau: „Akzeptiere mich als deine Künstlerfreundin, leihe mir dein schönes Gesicht, vertraue mir, hilf mir, und deine Augen werden die Hälfte meines Meisterwerks sein!" Niemand liebt und respektiert die reichen Realitäten der Natur so sehr wie der Künstler, dessen Fantasie sie streichelt und schmeichelt. Er weiß, was eine Tatsache sein könnte (ob Raffael es wusste, können Sie anhand seines Porträts von Tommaso Inghirami hinter uns beurteilen ); Seine Fantasie schwebt darüber, so wie Ariel über dem schlafenden Prinzen schwebte. Es gibt nur einen Raphael, schlecht, ein Künstler kann immer noch ein Künstler sein. Wie ich gestern Abend sagte, sind die Tage der Erleuchtung vorbei; Visionen sind selten; wir müssen lange suchen, um sie zu sehen. Aber in der Meditation können wir immer noch das Ideal kultivieren; runden Sie es ab, glätten Sie es, perfektionieren Sie es. Das Ergebnis – das Ergebnis" (hier stockte seine Stimme plötzlich und er richtete seinen Blick für einen Moment auf das Bild; als sie meine wieder trafen, waren sie voller Tränen) – „das Ergebnis könnte geringer sein als dieses ; aber trotzdem kann es gut sein, es kann *großartig sein* !" er weinte heftig. „Es kann in späteren Jahren irgendwo in guter Gesellschaft hängen und die Erinnerung an den Künstler warm halten. Stellen Sie sich vor, der Menschheit auf eine solche Weise bekannt zu sein! hier durch die langsamen Jahrhunderte im Blick einer veränderten Welt zu hängen; immer weiterleben in der List eines Auges und einer Hand, die Teil des Staubs von Jahrhunderten sind, eine Freude und ein Gesetz für ferne Generationen; Schönheit zu einer Kraft und Reinheit zu einem Beispiel machen!"

„Gott behüte ", sagte ich lächelnd, „dass ich dir den Wind aus den Segeln nehme!" Aber kommt Ihnen nicht in den Sinn, dass Raphael nicht nur stark in seinem Genie war, sondern auch in einer gewissen Treu und Glauben glücklich war, von der wir den Trick verloren haben? Ich weiß, dass es Leute gibt, die leugnen, dass seine makellosen Madonnen mehr als hübsche Blondinen dieser Zeit sind, die durch den raffaelischen Touch aufgewertet wurden, den sie für einen profanen Touch halten. Wie dem auch sei, die religiösen und ästhetischen Bedürfnisse der Menschen gingen Hand in Hand, und es bestand, wie ich sagen darf, eine Nachfrage nach der sichtbaren und anbetungswürdigen Heiligen Jungfrau, die der Hand des Künstlers Festigkeit verliehen haben musste. Ich fürchte, es gibt derzeit keine Nachfrage."

Mein Begleiter schien zutiefst verwirrt zu sein; er zitterte sozusagen in diesem frostigen Anflug von Skepsis . Dann schüttelte er voller Selbstvertrauen den Kopf: „ Es gibt immer eine Nachfrage!" er weinte; „Dieser unbeschreibliche Typus ist eines der ewigen Bedürfnisse des menschlichen Herzens; aber fromme Seelen sehnen sich schweigend, fast beschämt danach. Lass es erscheinen, und ihr Glaube wird mutig. Wie *sollte* es in dieser korrupten Generation aussehen? Es kann nicht auf Bestellung gefertigt werden. Dies war in der Tat möglich, als der Befehl mit Trompetentönen aus dem Mund der Kirche selbst kam und an vor Inspiration atmende Genies gerichtet war. Aber sie kann jetzt nur noch aus dem Boden leidenschaftlicher Arbeit und Kultur entstehen. Glauben Sie wirklich, dass von Zeit zu Zeit ein Mann mit umfassender künstlerischer Vision auf die Welt kommt, dieses Bild jedoch untergehen kann? Der Mann, der es malt, hat alles gemalt. Das Thema lässt jede Perfektion zu – Form, Farbe , Ausdruck, Komposition. Es kann so einfach sein, wie Sie möchten, und doch so reichhaltig; so breit und rein und doch so voller zarter Details. Denken Sie an die Chance auf Fleisch in dem kleinen, nackten, anschmiegsamen Kind, das Göttlichkeit ausstrahlt; von der Chance auf Gewandung im keuschen und weiten Gewand der Mutter! Denken Sie an die großartige Geschichte, die Sie in diesem einfachen Thema komprimieren! Denken Sie vor allem an das Gesicht der Mutter und seine unbeschreibliche Anspielung, an die gemischte Last aus Freude und Kummer, die Zärtlichkeit, die sich in Anbetung verwandelte, und die Anbetung, die sich in weitsichtiges Mitleid verwandelte! Dann schauen Sie sich alles in perfekter Linie und schönen Farben an , das Wahrheit, Schönheit und Meisterschaft atmet!"

„ Anch ' io son pittore !" Ich weinte. „Wenn ich mich nicht irre, haben Sie ein Meisterwerk an den Aktien. Wenn Sie all das investieren, werden Sie mehr erreichen als Raphael selbst. Sagen Sie mir Bescheid, wenn Ihr Bild fertig ist, und wo auch immer auf der Welt ich auch sein mag, ich werde nach Florenz zurückschicken und der *Madonna der Zukunft* meinen Respekt erweisen !"

Er errötete heftig und seufzte schwer, halb protestierend, halb resigniert. „Ich nenne mein Bild nicht oft namentlich. Ich verabscheue diesen modernen Brauch der vorzeitigen Publizität. Ein großartiges Werk braucht Stille, Privatsphäre, sogar Geheimnis. Und dann, wissen Sie, sind die

Menschen so grausam, so frivol, so unvorstellbar, dass ein Mann zu dieser Tageszeit eine Madonna malen möchte, dass man mich ausgelacht hat – ausgelacht hat, Sir!" und seine Röte wurde tiefer bis purpurrot. „Ich weiß nicht, was mich dazu bewogen hat, Ihnen gegenüber so offen und vertrauensvoll zu sein. Du siehst aus, als würdest du mich nicht auslachen. Mein lieber junger Mann" – und er legte seine Hand auf meinen Arm – „ Ich verdiene Respekt." Was auch immer meine Talente sein mögen, ich bin ehrlich. Es gibt nichts Groteskes an einem reinen Ehrgeiz oder an einem diesem Ziel gewidmeten Leben."

In seinem Blick und Ton lag etwas so Ernstes und Aufrichtiges, dass weitere Fragen unverschämt schienen. Ich hatte jedoch wiederholt Gelegenheit, sie zu fragen, denn danach verbrachten wir viel Zeit miteinander. Vierzehn Tage lang trafen wir uns täglich nach Vereinbarung, um die Sehenswürdigkeiten zu besichtigen. Er kannte die Stadt so gut, er war so oft durch ihre Straßen, Kirchen und Galerien geschlendert und geschlendert, er war so tief mit ihren größeren und kleineren Erinnerungen vertraut, so durchdrungen vom lokalen Genie, dass er ein rundum idealer Diener *war* , und ich war froh genug, meinen Murray zu Hause zu lassen und aus seinen Klatschkommentaren Fakten und Meinungen zu sammeln. Er sprach von Florenz wie von einem Liebhaber und gab zu, dass es eine sehr alte Angelegenheit sei; er hatte auf den ersten Blick sein Herz an sie verloren. „Es ist Mode, alle Städte als weiblich zu bezeichnen", sagte er, „aber in der Regel ist es ein monströser Fehler." Ist Florenz vom gleichen Geschlecht wie New York, wie Chicago? Sie ist die einzige perfekte Frau von allen; Man fühlt ihr gegenüber das, was ein Teenager im Teenageralter gegenüber einer schönen älteren Frau mit einer „Geschichte" empfindet. Sie erfüllt einen mit einer Art aufstrebender Galanterie." Diese desinteressierte Leidenschaft schien für meinen Freund anstelle der üblichen sozialen Bindungen zu stehen; Er führte ein einsames Leben und kümmerte sich nur um seine Arbeit. Ich fühlte mich gebührend geschmeichelt, dass er mein leichtfertiges Ich in seine Gunst gebracht hatte und dass er großzügig wertvolle Stunden für meine Gesellschaft geopfert hatte. Wir verbrachten viele dieser Stunden inmitten dieser frühen Gemälde, an denen Florenz so reich ist, und kehrten immer wieder mit ruhelosem Mitgefühl zurück, um uns zu fragen, ob diese zarten Blüten der Kunst nicht einen lebendigeren Duft und Geschmack hatten, der kostbarer war als das volle Wissen darüber die späteren Werke. Wir verweilten oft in der Grabkapelle von San Lorenzo und beobachteten Michael Angelos Krieger mit düsterem Gesicht, der dort wie ein schreckliches Genie des Zweifels saß und hinter seiner ewigen Maske über die Geheimnisse des Lebens brütete. Wir standen mehr als einmal in den kleinen Klostergemächern, in denen Fra Angelico arbeitete, als hätte tatsächlich ein Engel seine Hand gehalten, und empfanden das Gefühl von vereinzeltem Tau und frühen Vogelstimmen, das für manche eine Stunde zwischen seinen Reliquien wie einen Morgenspaziergang erscheinen lässt Mönchsgarten. Wir taten dies und noch viel mehr – wanderten in dunkle Kapellen, feuchte Höfe und staubige Palasträume, auf der Suche nach verbliebenen Spuren von Fresken und lauernden Schnitzschätzen.

Ich war immer mehr beeindruckt von der bemerkenswerten Zielstrebigkeit meines Begleiters. Alles war ein Vorwand für eine wild idealistische Rhapsodie oder Träumerei. Es gab nichts zu sehen oder zu sagen, was ihn nicht früher oder später zu einem glühenden Diskurs über das Wahre, das Schöne und das Gute geführt hätte. Wenn mein Freund kein Genie war, war er sicherlich ein Monomane; und ich empfand eine ebenso große Faszination darin, die seltsamen Lichter und Schattierungen seiner Figur zu beobachten, als wäre er ein Geschöpf von einem anderen Planeten. Er schien tatsächlich sehr wenig darüber zu wissen und lebte und bewegte sich insgesamt in seinem eigenen kleinen Kunstgebiet. Ein von der Welt unbefleckteres Geschöpf kann man sich kaum vorstellen, und ich hielt es oft für einen Fehler in seinem künstlerischen Charakter, dass er nicht ein oder zwei harmlose Laster hatte. Manchmal amüsierte es mich sehr, dass er zu unserer schlauen Yankee-Rasse gehörte; Aber schließlich könnte es kein besseres Zeichen seiner amerikanischen Herkunft geben als dieses hohe ästhetische Fieber. Die ganze Leidenschaft seiner Hingabe war ein Zeichen der Bekehrung; Diejenigen, die in Europa geboren wurden, schaffen es besser, Begeisterung und Bequemlichkeit in Einklang zu bringen. Darüber hinaus besaß er all unser angeborenes Misstrauen gegenüber intellektueller Diskretion und unsere angeborene Vorliebe für klangvolle Superlative. Als Kritiker war er sehr viel großzügiger als nur gerecht, und seine mildesten Worte der Anerkennung waren „erstaunlich", „überragend" und „unvergleichlich". Die kleine Gegenleistung der Bewunderung schien ihm keine Münze für einen Gentleman zu sein; und doch war er, so aufrichtig er intellektuell war, persönlich ein Rätsel. Irgendwie waren seine Berufe allesamt Halbberufe, und seine Anspielungen auf seine Arbeit und Umstände hinterließen etwas undeutliches Zweideutiges im Hintergrund. Er war bescheiden und stolz und sprach nie über seine häuslichen Angelegenheiten. Er war offensichtlich arm; Dennoch muss er über eine dürftige Unabhängigkeit verfügt haben , da er es sich leisten konnte, sich darüber zu freuen, dass seine Kultur der idealen Schönheit ihm nie einen Penny eingebracht hatte. Ich nahm an, dass seine Armut der Grund dafür war, dass er mich weder in seine Unterkunft einlud noch deren Aufenthaltsort erwähnte. Wir trafen uns entweder an einem öffentlichen Ort oder in meinem Hotel, wo ich ihn so großzügig bewirtete, wie ich nur konnte, ohne den Anschein zu erwecken, dass er aus Nächstenliebe motiviert war. Er schien immer hungrig zu sein, und das kam der menschlichen Grobheit am nächsten. Ich legte Wert darauf, keine unverschämten Fragen zu stellen, aber jedes Mal, wenn wir uns trafen, wagte ich es, eine respektvolle Anspielung auf das *Magnum Opus zu machen* , sozusagen nach seinem Zustand und Fortschritt zu fragen. „Mit der Hilfe des Herrn kommen wir voran", sagte er mit ernstem Lächeln. „Uns geht es gut. Sie sehen, ich habe den großen Vorteil, dass ich keine Zeit verliere. Diese Stunden, die ich mit Dir verbringe, sind purer Gewinn. Sie sind *suggestiv*! So wie die wirklich religiöse Seele immer im Gottesdienst ist, ist der echte Künstler immer in Wehen . Er nimmt sein Eigentum mit, wohin er es findet, und erfährt aus jedem Gegenstand, der im Licht steht, ein kostbares Geheimnis. Wenn Sie nur wüssten, wie berauschend die Beobachtung ist! Mit jedem Blick entdecke ich einen Hinweis auf Licht, Farbe oder Relief! Wenn ich nach Hause komme, schütte ich meine Schätze in den Schoß der Spielzeugmadonna. Oh, ich bin nicht untätig! *Nulla stirbt sinusförmig* . "

In Florenz wurde ich einer amerikanischen Dame vorgestellt, deren Salon seit langem ein attraktiver Treffpunkt für die ausländischen Bewohner war. Sie wohnte im vierten Stock und war nicht reich; Aber sie bot ihren Besuchern sehr guten Tee, kleine Kuchen nach Wahl und Gespräche, die nicht ganz dazu passten. Ihr Gespräch hatte hauptsächlich einen ästhetischen Charakter Geschmack , denn Mrs. Coventry war bekanntermaßen „künstlerisch". Ihre Wohnung war eine Art Pitti-Palast *au petit pied* . Sie besaß Dutzende „früher Meister" – eine Gruppe Peruginos in ihrem Esszimmer, einen Giotto in ihrem Boudoir, einen Andrea del Sarto über dem Kaminsims ihres Wohnzimmers. Umgeben von diesen Schätzen und unzähligen Bronzen, Mosaiken, Majolikaschalen und kleinen wurmstichigen Diptychen mit eckigen Heiligen auf vergoldetem Hintergrund genoss unsere Gastgeberin die Würde einer Art Hohepriesterin der Künste. An ihrer Brust trug sie immer eine riesige Miniaturkopie der Madonna della Seggiola . Eines Abends erkundigte ich mich leise bei ihr und fragte sie, ob sie diesen bemerkenswerten Mann, Herrn Theobald, kenne.

"Kenne ihn!" sie rief aus; „Kennst du den armen Theobald! Ganz Florence kennt ihn, seine flammenfarbenen Locken , seinen schwarzen Samtmantel, seine endlosen Reden über das Schöne und seine wundersame Madonna, die das sterbliche Auge noch nie gesehen hat und deren Erwartung die sterbliche Geduld ganz aufgegeben hat."

„Wirklich", rief ich, „glauben Sie nicht an seine Madonna?"

„Mein lieber, aufrichtiger Jüngling", entgegnete mein schlauer Freund, „hat er dich bekehrt? Nun, wir alle haben einmal an ihn geglaubt; er kam nach Florenz und eroberte die Stadt im Sturm. Zumindest war ein anderer Raphael unter Menschen geboren worden, und die armen, lieben Vereinigten Staaten sollten seinen Ruhm genießen. Hatten ihm nicht die Haare Raffaels auf die Schultern geflossen? Die Haare leider, aber nicht der Kopf! Wir haben ihn jedoch im Ganzen geschluckt; wir hingen an seinen Lippen und verkündeten sein Genie auf den Dächern. Die Frauen brannten alle darauf, ihm für ihre Porträts zur Seite zu stehen und unsterblich zu werden, wie Leonardos Joconde. Wir kamen zu dem Schluss, dass sein Verhalten dem Leonardos sehr ähnlich war – geheimnisvoll, undurchschaubar und faszinierend. Geheimnisvoll war es auf jeden Fall; Das Geheimnis war der Anfang und das Ende davon. Die Monate vergingen und das Wunder flammte auf; Unser Meister hat sein Meisterwerk nie geschaffen. Er verbrachte Stunden in den Galerien und Kirchen, posierte, grübelte und blickte; Er sprach mehr denn je über das Schöne, aber er brachte nie Pinsel auf die Leinwand. Wir hatten uns alle sozusagen für die großartige Aufführung angemeldet; Da es aber nie zustande kam, begannen die Leute erneut, ihr Geld zu verlangen. Ich war einer der letzten Gläubigen; Ich war so hingebungsvoll, dass ich mich ihm als Haupt anvertraute. Wenn Sie die schreckliche Kreatur gesehen hätten, die er aus mir gemacht hat, würden Sie zugeben, dass selbst eine Frau, die nicht mehr Eitelkeit hat, als ihre Haube gerade zu binden, damals abgekühlt sein muss. Der Mann kannte das Alphabet des Zeichnens nicht! Seine Stärke sei, wie er andeutete, sein Gefühl; Aber ist es ein Trost, zu wissen, dass dies mit besonderem Eifer geschehen ist, wenn einem ein Schrecken aufgebrummt wurde? Ich gestehe, einer nach dem anderen sind wir vom Glauben abgefallen, und Herr Theobald hat seinen kleinen Finger nicht gerührt, um uns zu beschützen. Beim ersten Hinweis darauf, dass wir das Warten satt hätten und die Show lieber beginnen würde, reagierte er verärgert. „Großartige Arbeit erfordert Zeit, Kontemplation, Privatsphäre, Geheimnis!" O ihr Kleingläubigen!' Wir antworteten, dass wir nicht auf einem großartigen Werk bestanden; dass die Tragödie in fünf Akten nach Belieben kommen könnte; dass wir lediglich um etwas baten, um uns vom Gähnen abzuhalten, einen preiswerten kleinen *Lever de Rideau* . Daraufhin stellte sich der arme Mann als falsch verstandenes und verfolgtes Genie, als *âme méconnue* , hin und wusch von dieser Stunde an seine Hände von uns! Nein, ich glaube, er erweist mir die Ehre , mich als Kopf und Spitze der Verschwörung zu betrachten, die gegründet wurde, um seinen Ruhm im Keim zu ersticken – eine Knospe, deren Blüte zwanzig Jahre gedauert hat. Fragen Sie ihn, ob er mich kennt, und er wird Ihnen sagen, dass ich eine schrecklich hässliche alte Frau bin, die seinen Untergang geschworen hat, weil er ihr Porträt nicht als Pendant zu Tizians Flora malen will. Ich vermute, dass er seitdem nur noch zufällige Anhänger hatte, unschuldige Fremde wie Sie, die ihn beim Wort nahmen. Der Berg ist immer noch in Arbeit ; Ich habe nicht gehört, dass die Maus geboren wurde. Ab und zu komme ich auf den Galerien an ihm vorbei, und er richtet seine großen dunklen Augen mit einer erhabenen Gleichgültigkeit auf mich, als wäre ich eine schlechte Kopie eines Sassoferrato ! Es ist schon lange her, dass ich hörte, dass er Studien für eine Madonna anfertigte, die ein *Resümee* aller anderen Madonnen der italienischen Schule sein sollte – wie die antike Venus, die sich eine Nase von einem großen Bild und einen Knöchel von ihm entlehnte ein anderer. Es ist sicherlich eine meisterhafte Idee. Die Teile mögen in Ordnung sein, aber wenn ich an mein unglückliches Porträt denke, zittere ich vor dem Ganzen. Er hat diese bemerkenswerte Idee unter dem Versprechen feierlicher Geheimhaltung fünfzig auserwählten Geistern mitgeteilt, jedem, den er jemals fünf Minuten lang durchdringen konnte. Ich nehme an, er will einen Auftrag dafür bekommen, und er trägt keine Schuld; denn der Himmel weiß, wie er lebt. Ich sehe an Ihrem Erröten", fuhr meine Gastgeberin offen fort, „dass Sie mit seinem Vertrauen geehrt wurden . Du brauchst dich nicht zu schämen, mein lieber junger Mann; Ein Mann in Ihrem Alter leidet nicht unter einer gewissen großzügigen Leichtgläubigkeit. Gestatten Sie mir nur einen Rat: Halten Sie sich von Ihrer Leichtgläubigkeit fern! Bezahlen Sie das Bild erst, wenn es geliefert wurde. Ich kann mir vorstellen, dass Sie keinen Blick darauf geworfen haben! Es gibt nicht mehr eure fünfzig Vorgänger im Glauben. Es gibt Leute, die bezweifeln, ob überhaupt ein Bild zu sehen ist. Ich selbst glaube, dass man, wenn man sein Atelier betreten würde, etwas vorfinden würde, das dem Bild in Balzacs Erzählung sehr ähnlich wäre – eine bloße Ansammlung zusammenhangsloser Kratzer und Flecken, ein Durcheinander toter Farbe!"

Ich lauschte diesem eindringlichen Vortrag in stillem Staunen. Es hatte einen schmerzlich plausiblen Klang und stand nicht im Widerspruch zu bestimmten schüchternen Vermutungen von mir. Meine Gastgeberin war nicht nur eine kluge Frau, sondern vermutlich auch eine großzügige. Ich beschloss, mein Urteil von den Ereignissen abwarten zu lassen. Möglicherweise hatte sie recht; aber wenn sie falsch lag, dann lag sie grausam falsch! Ihre Version der Exzentrizität meines Freundes machte mich ungeduldig, ihn wiederzusehen und ihn im Licht der öffentlichen Meinung zu untersuchen. Bei unserem nächsten Treffen fragte ich ihn sofort, ob er Mrs. Coventry kenne. Er legte seine Hand auf meinen Arm und lächelte mich traurig an. „Hat sie *deine* Tapferkeit endlich auf die Probe gestellt?" er hat gefragt. „Sie ist eine dumme Frau. Sie ist frivol und herzlos und gibt vor, ernst und freundlich zu sein. Sie plappert über Giottos zweite Art und Vittoria Colonnas Liaison mit „Michael" – man könnte meinen, dass Michael auf der anderen Straßenseite wohnte und von ihm erwartet wurde, dass er beim Whist mit anpackt –, aber sie weiß ebenso wenig über Kunst und die Produktionsbedingungen, Soweit ich über den Buddhismus weiß. Sie entweiht heilige Worte", fügte er nach einer Pause noch vehementer hinzu. „Sie kümmert sich nur um dich als jemanden, der Teetassen in ihrem schrecklichen, verlogenen kleinen Salon mit seinen protzigen Peruginos aufdeckt !" Wenn du es nicht schaffst, alle drei Tage ein neues Bild anzufertigen und es von ihr unter ihren Gästen herumreichen zu lassen, sagt sie ihnen im Klartext, dass du ein Betrüger bist!"

Dieser Versuch von mir, die Genauigkeit von Mrs. Coventry zu testen, wurde im Laufe eines späten Nachmittagsspaziergangs zur ruhigen alten Kirche von San Miniato unternommen, die auf einem der Hügelgipfel liegt, die einen direkten Blick auf die Stadt bietet und von deren Toren aus Sie dorthin geführt werden durch einen steinigen und von Zypressen gesäumten Weg, der ein sehr passender Weg zu einem Schrein zu sein scheint. Kein Ort eignet sich besser zum Verweilen als die breite Terrasse vor der Kirche, wo Sie, an der Brüstung lehnend, in langsamem Wechsel auf den schwarzen und gelben Marmor der Kirchenfassade blicken können, der von Zeit und Wind gesäumt und rissig ist. gesät mit einer eigenen zarten Flora, hinunter zu den vollen Kuppeln und schlanken Türmen von Florenz und hinüber zu den blauen Weiten der weit geöffneten Berge, in die hinein Hollow, die kleine Schatzstadt wurde fallen gelassen. Als Ablenkung von den schmerzhaften Erinnerungen, die Mrs. Coventrys Name hervorrief, hatte ich vorgeschlagen, dass Theobald am nächsten Abend mit mir in die Oper gehen sollte, wo ein selten gespieltes Werk aufgeführt werden sollte. Er lehnte ab, wie ich halb erwartet hatte, denn ich bemerkte, dass er seine Abende regelmäßig in Reserve hielt und nie auf seine Art, sie zu verbringen, anspielte. „Sie haben mich schon einmal daran erinnert", sagte ich lächelnd, „an die bezaubernde Rede des Florentiner Malers in Alfred de Mussets , Lorenzaccio ': ,Ich tue niemandem Schaden.' Ich verbringe meine Tage in meinem Atelier, am Sonntag gehe ich in die Annunziata oder nach Santa Mario; die Mönche glauben, ich hätte eine Stimme; Sie kleiden mich in ein weißes Kleid und eine rote Mütze, und ich stimme bei den Refrains mit; Manchmal mache ich ein kleines Solo: Das sind die einzigen Male, bei denen ich in die Öffentlichkeit gehe. Abends besuche ich meine Liebste; Wenn die Nacht schön ist, geben wir es auf ihrem Balkon weiter.' Ich weiß nicht, ob du eine Liebste hast, oder ob sie einen Balkon hat. Aber wenn man so glücklich ist, ist es sicherlich besser, als zu versuchen, den Charme einer drittklassigen Primadonna zu finden."

Er antwortete nicht sofort, wandte sich aber schließlich feierlich an mich. „Kannst du eine schöne Frau mit ehrfürchtigen Augen betrachten?"

„Wirklich", sagte ich, „ich gebe nicht vor, verlegen zu sein, aber es würde mir leid tun, wenn ich das für unverschämt halte." Und ich fragte ihn, was zum Teufel er meinte. Als ich ihm endlich versichert hatte, dass ich es schaffen könne, Bewunderung durch Respekt zu mildern, teilte er mir mit einer Miene religiösen Mysteriums mit, dass es in seiner Macht liege, mich der schönsten Frau Italiens vorzustellen – „Eine Schönheit mit … " Seele!"

„Auf mein Wort", rief ich, „Sie haben großes Glück, und das ist eine äußerst attraktive Beschreibung."

„Die Schönheit dieser Frau", fuhr er fort, „ist eine Lektion, eine Moral, ein Gedicht! Es ist mein tägliches Studium."

Natürlich verlor ich danach keine Zeit, ihn daran zu erinnern, was vor unserem Abschied die Form eines Versprechens angenommen hatte. „Irgendwie habe ich das Gefühl", hatte er gesagt, „als wäre es eine Art Verletzung der Privatsphäre, in der ich immer über ihre Schönheit nachgedacht habe." Das ist Freundschaft, mein Freund. Kein Hinweis auf ihre Existenz ist mir jemals über die Lippen gekommen. Aber bei zu großer Vertrautheit verlieren wir leicht den Sinn für den wahren Wert der Dinge, und Sie werden vielleicht ein neues Licht darauf werfen und eine frischere Interpretation anbieten."

Wir gingen entsprechend nach Vereinbarung zu einem bestimmten alten Haus im Herzen von Florenz – dem Viertel des Mercato Vecchio – und stiegen eine dunkle, steile Treppe hinauf bis zur Spitze des Gebäudes. Theobalds Schönheit schien ebenso erhaben über die Linie der allgemeinen Sicht zu erheben, wie sein künstlerisches Ideal über die übliche Praxis der Menschen erhaben war. Er ging, ohne anzuklopfen, in den dunklen Vorraum einer kleinen Wohnung, riss eine Innentür auf und führte mich in einen kleinen Saloon. Der Raum wirkte schäbig und düster, obwohl ich einen Blick auf weiße Vorhänge erhaschte, die sich sanft vor einem offenen Fenster bewegten. An einem Tisch neben einer Lampe saß eine schwarz gekleidete Frau und arbeitete an einem Stück Stickerei. Als Theobald eintrat, blickte sie ruhig und lächelnd auf; aber als sie mich sah, machte sie eine erstaunte Bewegung und erhob sich mit einer Art würdevoller Anmut. Theobald trat vor, nahm ihre Hand und küsste sie mit einer unbeschreiblichen Miene uralter Gebräuche. Als er den Kopf senkte, sah sie mich schief an und ich dachte, sie würde rot.

„Seht die Serafina!" sagte Theobald offenherzig und winkte mich vorwärts. „Das ist ein Freund und ein Kunstliebhaber", fügte er hinzu und stellte mich vor. Ich erhielt ein Lächeln, einen Knicks und die Bitte, Platz zu nehmen.

Die schönste Frau Italiens war eine Person vom großzügigen italienischen Typ und von großer Einfachheit im Auftreten. Als sie wieder mit ihrer Stickerei an ihrer Lampe saß, schien sie nichts zu sagen zu haben. Theobald beugte sich in einer Art platonischer Ekstase zu ihr und stellte ihr ein Dutzend väterlich zärtlicher Fragen über ihren Gesundheitszustand, ihren Geisteszustand, ihre Beschäftigungen und den Fortschritt ihrer Stickerei, die er eingehend untersuchte und die ich zum Bewundern aufforderte. Es handelte sich um einen Teil eines kirchlichen Gewandes – gelber Satin mit einem kunstvollen Muster aus Silber und Gold. Sie antwortete mit voller, klangvoller Stimme, aber mit einer Kürze, die ich zögerte, ob ich sie auf die Zurückhaltung der Einheimischen oder auf den profanen Zwang meiner

Anwesenheit zurückführen wollte. Sie war an diesem Morgen zur Beichte gekommen; Sie war auch auf dem Markt gewesen und hatte ein Huhn zum Abendessen gekauft. Sie fühlte sich sehr glücklich; Sie hatte nichts zu beanstanden, außer dass die Leute, für die sie ihr Gewand anfertigte und die ihr die Materialien lieferten, bereit waren, solch verfaulten Silberfaden in das Gewand, sozusagen, des Herrn zu stecken. Von Zeit zu Zeit, während sie langsam nähte, hob sie den Blick und warf mir einen Blick zu, der zunächst eine gelassene Neugier zu verraten schien, in dem ich aber, als ich es wiederholt sah, den schwachen Schimmer von zu erkennen glaubte ein Versuch, auf Kosten unseres Begleiters eine Verständigung mit mir herzustellen. Während ich Theobalds Gebot der Ehrfurcht so gut wie möglich beachtete, dachte ich über die persönlichen Ansprüche der Dame an das schöne Kompliment nach, das er ihr gemacht hatte.

Dass sie tatsächlich eine schöne Frau war, erkannte ich, nachdem ich mich von der Überraschung erholt hatte, sie ohne die Frische der Jugend vorzufinden. Ihre Schönheit war von einer Art, die mit dem Verlust ihrer Jugend wenig von ihrem wesentlichen Charme einbüßt, der größtenteils in Form und Struktur und, wie Theobald es ausgedrückt hätte, in der „Komposition" zum Ausdruck kam. Sie war breit und üppig, hatte niedrige Augenbrauen und große Augen, dunkel und blass. Ihr dichtes braunes Haar hing tief über ihre Wange und ihr Ohr und schien ihren Kopf mit einer Hülle zu bedecken, die so keusch und förmlich war wie der Schleier einer Nonne. Haltung und Haltung ihres Kopfes waren bewundernswert frei und edel, und sie wirkten umso wirkungsvoller, als ihre Freiheit in manchen Augenblicken diskret durch eine kleine scheinheilige Neigung korrigiert wurde, die wunderbar mit dem ruhigen Blick ihres dunklen und ruhigen Auges harmonierte . Ein starkes, gelassenes, körperliches Wesen und ein ruhiges Temperament, das weder von Nervosität noch von Problemen herrührt, schienen die angenehmen Eigenschaften dieser Dame zu sein. Sie war in schlichtem, matten Schwarz gekleidet, abgesehen von einer Art dunkelblauem Kopftuch, das über ihren Busen gefaltet war und einen Blick auf ihren massiven Hals freigab. Über diesem Kopftuch hing ein kleines silbernes Kreuz. Ich habe sie sehr bewundert, wenn auch mit großer Zurückhaltung. Eine gewisse leichte intellektuelle Apathie gehörte eigentlich zu ihrer Art von Schönheit und schien sie immer abzurunden und zu bereichern; aber diese *bürgerliche* Egeria verriet, wenn ich sie richtig sah, eine eher vulgäre Stagnation des Geistes. In ihrem Gesicht mochte einst ein schwaches spirituelles Licht gewesen sein; aber es hatte längst begonnen, nachzulassen. Und außerdem, um es in einfacher Prosa zu sagen, wurde sie immer dicker. Meine Enttäuschung grenzte beinahe an völlige Ernüchterung, als Theobald aufstand und ein paar Kerzen vom Kaminsims holte, als wollte er mir die heimliche Inspektion erleichtern und erklärte, dass die Lampe sehr schwach sei und dass sie ohne mehr Licht ihre Augen ruinieren würde Er stellte Licht auf den Tisch. In diesem helleren Licht erkannte ich, dass unsere Gastgeberin eindeutig eine ältere Frau war. Sie war weder abgemagert noch abgenutzt noch grau; sie war einfach grob. Die „Seele", die Theobald versprochen hatte, schien kaum der Rede wert; Es war kein tieferes Geheimnis als eine Art matronenhafte Sanftmut auf Lippen und Stirn. Ich hätte sogar sagen können, dass diese heilige Kopfbeugung nichts anderes als der Trick einer Person war, die ständig am Sticken arbeitete. Mir kam sogar der Gedanke, dass es sich um einen weniger harmlosen Trick handelte; denn trotz der sanften Ruhe ihres Verstandes ließ diese stattliche Näherin durchblicken, dass sie die Situation weniger ernst nahm als ihre Freundin. Als er aufstand, um die Kerzen anzuzünden, sah sie mit einem schnellen, intelligenten Lächeln zu mir herüber und tippte sich mit dem Zeigefinger an die Stirn; Dann, als ich aus einem plötzlichen Gefühl mitfühlender Loyalität gegenüber dem armen Theobald ein ausdrucksloses Gesicht bewahrte, zuckte sie leicht mit den Schultern und nahm ihre Arbeit wieder auf.

In welcher Beziehung zueinander stand dieses einzigartige Paar? War er der leidenschaftlichste Freund oder der ehrfürchtigste Liebhaber? Betrachtete sie ihn als einen exzentrischen Kerl, dessen wohlwollende Bewunderung für ihre Schönheit sie für den geringen Preis, den sie dafür zahlen musste, dass er in ihr kleines Wohnzimmer kletterte und über Sommernächte tratschte, nicht übel nahm? Mit ihrer anständigen und düsteren Kleidung, ihrer schlichten Ernsthaftigkeit und diesem feinen Stück priesterlicher Handarbeit sah sie aus wie ein frommes Laienmitglied einer Schwesternschaft, das mit besonderer Erlaubnis außerhalb ihrer Klostermauern lebte. Oder wurde sie hier oben von ihrem Freund in bequemer Muße gehalten, damit er den perfekten, ewigen Typus vor sich haben konnte, unverdorben und unbefleckt vom Kampf ums Dasein? Ihre wohlgeformten Hände waren, wie ich bemerkte, sehr hell und weiß; es fehlten ihnen die Spuren dessen, was man ehrliche Arbeit nennt.

„Und wie kommen die Bilder zustande?" fragte sie nach einer langen Pause von Theobald.

„Fein, fein! Ich habe hier einen Freund, dessen Mitgefühl und Ermutigung mir neuen Glauben und Eifer geben ."

Unsere Gastgeberin drehte sich zu mir um, blickte mich einen Moment lang ziemlich unergründlich an und tippte sich dann mit der Geste an die Stirn, die sie eine Minute zuvor verwendet hatte: „Er hat ein großartiges Genie!" sagte sie mit vollkommener Ernsthaftigkeit.

„Ich neige dazu, das zu glauben", antwortete ich lächelnd.

„Äh, warum lächelst du?" Sie weinte. „Wenn Sie daran zweifeln, müssen Sie den *Bambino sehen* !" Und sie nahm die Lampe und führte mich auf die andere

Seite des Zimmers, wo an der Wand in einem schlichten schwarzen Rahmen eine große Zeichnung in roter Kreide hing. Darunter war ein kleiner Schrei für Weihwasser befestigt. Die Zeichnung stellte ein sehr kleines Kind dar, völlig nackt, halb an das Kleid seiner Mutter zurückgeschmiegt, aber mit ausgestreckten beiden Ärmchen, als ob es einen Segensakt vollbringen würde. Es wurde mit einzigartiger Freiheit und Kraft ausgeführt und schien dennoch lebendig von der heiligen Blüte der Kindheit zu sein. Eine Art grübchenartige Eleganz und Anmut, vermischt mit seiner Kühnheit, erinnerte an die Berührung von Correggio. „Das kann er!" sagte meine Gastgeberin. „Es ist der gesegnete kleine Junge, den ich verloren habe. Es ist sein Abbild, und Signor Teobaldo hat es mir geschenkt. Er hat mir außerdem viele Dinge gegeben!"

Ich habe mir das Bild eine Weile angesehen und es sehr bewundert. Als ich mich wieder an Theobald wandte, versicherte ich ihm, dass es sich behaupten würde, wenn es zwischen den Zeichnungen in den Uffizien aufgehängt und mit einem herrlichen Namen versehen würde. Mein Lob schien ihm außerordentliche Freude zu bereiten; Er drückte meine Hände und seine Augen füllten sich mit Tränen. Es bewegte ihn offenbar mit dem Wunsch, die Geschichte der Zeichnung näher zu erläutern, denn er stand auf und verabschiedete sich von unserer Begleiterin, wobei er ihr Band mit der gleichen milden Inbrunst wie zuvor küsste. Mir kam der Gedanke, dass das Angebot einer ähnlichen Galanterie meinerseits mir helfen könnte, herauszufinden, was für eine Art Frau sie war. Als sie meine Absicht erkannte, zog sie ihre Hand zurück, senkte feierlich den Blick und machte einen strengen Knicks. Theobald nahm meinen Arm und führte mich schnell auf die Straße.

„Und was hältst du von der göttlichen Serafina?" er weinte vor Inbrunst .

„Es ist sicherlich ein ausgezeichneter Stil für gutes Aussehen!" Ich antwortete.

Er musterte mich flüchtig und schien dann vom Strom der Erinnerung mitgerissen zu werden. „Du hättest die Mutter und das Kind zusammen sehen sollen, sie so sehen sollen, wie ich sie zum ersten Mal gesehen habe – die Mutter mit dem Kopf in einen Schal gehüllt, einem göttlichen Kummer im Gesicht und dem Bambino an ihrer Brust." Ich glaube, Sie hätten gesagt, dass Raphael durch Zufall sein Gegenstück gefunden hätte. Eines Sommerabends kam ich gerade von einem langen Spaziergang auf dem Land zurück, als ich diese Erscheinung am Stadttor traf. Die Frau streckte ihre Hand aus. Ich wusste kaum, ob ich sagen sollte: „Was willst du?" oder niederzufallen und anzubeten. Sie bat um etwas Geld. Ich sah, dass sie schön und blass war; sie hätte aus dem Stall von Bethlehem treten können! Ich gab ihr Geld und half ihr auf dem Weg in die Stadt. Ich hatte ihre Geschichte erraten. Auch sie war eine jungfräuliche Mutter und wurde in ihrer Schande in die Welt hinausgeschickt. Ich spürte in meinem ganzen Puls, dass dies mein Thema auf wunderbare Weise war realisiert . Ich fühlte mich wie einer der alten Mönchskünstler, die eine Vision hatten. Ich rettete die armen Geschöpfe, schätzte sie und beobachtete sie, als hätte ich ein kostbares Kunstwerk geschaffen, ein schönes Fragment eines Freskos, das in einem verfallenden Kreuzgang entdeckt wurde. Innerhalb eines Monats starb das arme kleine Kind – als wollte es die Traurigkeit und Süße des Ganzen vertiefen und heiligen. Als sie spürte, dass er gehen würde, hielt sie ihn zehn Minuten lang an mich heran, und ich fertigte diese Skizze an. Ich nehme an, Sie haben eine fieberhafte Eile darin gesehen; Ich wollte dem armen kleinen Sterblichen den Schmerz seiner Position ersparen. Danach schätzte ich die Mutter doppelt. Sie ist das einfachste, süßeste und natürlichste Geschöpf, das jemals in diesem schönen alten Land Italien blühte. Sie lebt in der Erinnerung an ihr Kind, in ihrer Dankbarkeit für die spärliche Freundlichkeit, die ich ihr erweisen durfte, und in ihrer einfachen Religion! Sie ist sich ihrer Schönheit nicht einmal bewusst; Meine Bewunderung hat sie nie eitel gemacht . Der Himmel weiß, dass ich kein Geheimnis daraus gemacht habe. Sie müssen die einzigartige Transparenz ihres Gesichtsausdrucks und die schöne Bescheidenheit ihres Blicks bemerkt haben. Und gab es jemals eine so wahrhaft jungfräuliche Stirn, eine so natürliche, klassische Eleganz in der Haarwelle und dem Stirnbogen? Ich habe sie studiert; Ich kann sagen, dass ich sie kenne. Ich habe sie nach und nach in mich aufgenommen; Mein Geist ist geprägt und durchdrungen, und ich habe beschlossen, diesen Eindruck zu festigen. Ich werde sie endlich einladen, für mich Platz zu nehmen!"

„„Endlich – endlich?" Ich wiederholte voller Erstaunen. „Meinst du, dass sie das noch nie getan hat?"

„Ich habe nicht wirklich – eine – eine Sitzung gehabt", sagte Theobald und sprach sehr langsam. „Ich habe mir Notizen gemacht, wissen Sie; Ich habe meinen großen Grundeindruck gewonnen. Das ist das Tolle! Aber ich hatte sie nicht wirklich als Model, posiert, drapiert und beleuchtet, vor meiner Staffelei."

Was aus dem Moment meiner Wahrnehmung und meines Taktgefühls geworden ist, kann ich nicht sagen; In ihrer Abwesenheit konnte ich einen überstürzten Ausruf nicht unterdrücken. Ich war dazu bestimmt, es zu bereuen. Wir waren an einer Abzweigung unter einer Lampe stehen geblieben. „Mein armer Freund", rief ich aus und legte meine Hand auf seine Schulter, „du hast *getrödelt* ! " Sie ist eine alte, alte Frau – für eine Madonna!"

Es war, als hätte ich ihn brutal geschlagen; Ich werde nie den langen, langsamen, fast gespenstischen Blick des Schmerzes vergessen, mit dem er mir antwortete.

„ Getrödelt? – alt, alt?" er stammelte. "Machst du Witze?"

„Warum, mein Lieber, ich nehme an, dass Sie sie nicht für eine Frau von zwanzig halten?"

Er holte tief Luft, lehnte sich an ein Haus und sah mich mit fragenden, protestierenden, vorwurfsvollen Augen an. Endlich trete ich vor und ergreife meinen Arm – „ Antworten Sie mir feierlich: Kommt sie Ihnen wirklich alt vor?" Ist sie runzelig, ist sie verblasst, bin ich blind?"

Dann verstand ich endlich das Ausmaß seiner Illusion, wie die geräuschlosen Jahre eines nach dem anderen verflogen waren und ihn in bezauberter Untätigkeit brütend zurückließen, während er sich immer auf eine Arbeit vorbereitete, die für immer aufgeschoben war. Es kam mir jetzt fast wie eine Freundlichkeit vor, ihm die klare Wahrheit zu sagen. „Es tut mir leid, sagen zu müssen, dass Sie blind sind", antwortete ich, „aber ich glaube, Sie werden getäuscht. Sie haben Zeit in müheloser Kontemplation verloren. Dein Freund war einst jung und frisch und jungfräulich; aber ich protestiere, das ist schon ein paar Jahre her. Dennoch hat sie *de beaux restes* . Lass sie auf jeden Fall für dich sitzen!" Ich bin zusammengebrochen; sein Gesicht war zu furchtbar vorwurfsvoll.

Er nahm seinen Hut ab und hielt sich mechanisch mit dem Taschentuch über die Stirn. „ *De beaux restes* ? Ich danke Ihnen, dass Sie mir das einfache Englisch erspart haben. Ich muss meine Madonna aus *de beaux restes* erfinden ! Was für ein Meisterwerk wird sie sein! Alt – alt! Alt – alt!" er murmelte.

„Egal, wie alt sie ist", rief ich und empörte mich über das, was ich getan hatte, „egal, welchen Eindruck ich von ihr hatte! Du hast dein Gedächtnis, deine Notizen, dein Genie. Fertigstellen Sie Ihr Bild in einem Monat. Ich erkläre es im Voraus für ein Meisterwerk und biete Ihnen hiermit jeden Betrag an, den Sie verlangen möchten."

Er starrte mich an, aber er schien mich kaum zu verstehen. „Alt – alt!" wiederholte er dummerweise immer wieder. „Wenn sie alt ist, was bin ich dann? Wenn ihre Schönheit verblasst ist, wo – wo ist meine Stärke? War das Leben ein Traum? Habe ich zu lange angebetet – habe ich zu sehr geliebt?" Der Zauber war tatsächlich gebrochen. Dass die Saite der Illusion bei meiner leichten, zufälligen Berührung hätte reißen müssen, zeigte, wie sie durch übermäßige Spannung geschwächt worden war. Das Gefühl des armen Kerls für verschwendete Zeit, für verpasste Gelegenheiten schien in Wellen der Dunkelheit über seine Seele zu rollen. Plötzlich senkte er den Kopf und brach in Tränen aus.

Ich führte ihn mit größtmöglicher Zärtlichkeit nach Hause, versuchte aber weder, seinen Kummer zu zügeln, seinen Gleichmut wiederherzustellen, noch die harte Wahrheit zu verschweigen. Als wir mein Hotel erreichten , versuchte ich, ihn dazu zu überreden.

„Wir werden ein Glas Wein trinken", sagte ich lächelnd, „bis zur Vollendung der Madonna."

Mit heftiger Anstrengung hob er den Kopf, dachte einen Moment lang mit furchtbar düsterem Stirnrunzeln nach und reichte mir dann die Hand. „Ich werde es fertig machen", rief er, „in einem Monat!" Nein, in zwei Wochen! Schließlich habe ich es *hier* !" Und er tippte sich an die Stirn. „ Natürlich ist sie alt! Sie kann es sich leisten, dass man es von ihr sagt – einer Frau, die dafür gesorgt hat, dass zwanzig Jahre wie zwölf Monate vergehen! Alt – alt! Ja, Herr, sie soll ewig sein!"

Ich wollte ihn sicher zu seiner Tür bringen, aber er winkte mich zurück und ging mit einer Miene der Entschlossenheit weg, pfiff und schwang seinen Stock. Ich wartete einen Moment, folgte ihm dann in einiger Entfernung und sah, wie er die Brücke Santa Trinità überquerte . Als er die Mitte erreichte , hielt er plötzlich inne, als ob seine Kräfte ihn im Stich gelassen hätten, und lehnte sich an die Brüstung und blickte in den Fluss. Ich achtete darauf, ihn im Blick zu behalten; Ich gestehe, dass ich zehn sehr nervöse Minuten verbracht habe. Endlich erholte er sich und ging langsam und mit hängendem Kopf seines Weges.

Dass ich den armen Theobald wirklich dazu gebracht hatte, seine lang angesammelten Wissens- und Geschmacksvorräte kühner zu nutzen, zu den vulgären Anstrengungen und Risiken der Produktion, schien zunächst Grund genug für sein anhaltendes Schweigen und seine Abwesenheit; Aber Tag für Tag folgte Tag für Tag, ohne dass er mich anrief oder mir eine Nachricht schickte und ohne dass ich ihn an seinen gewohnten Orten, in den Galerien, in der Kapelle von San Lorenzo oder bei einem Spaziergang zwischen der Arno-Seite und der großen Hecke aus Grün traf Das versetzt die schönen Insassen von Barouche und Phaeton entlang der Auffahrt des Cascine in so wohltuende Erleichterung – da ich mehr als eine Woche lang keine Nachricht von ihm bekam oder ihn sah, begann ich zu befürchten, dass ich ihn tödlich beleidigt hatte, und das Anstatt seinem Talent einen heilsamen Auftrieb zu geben, hatte ich es brutal gelähmt . Ich hatte den schrecklichen Verdacht, dass ich ihn krank gemacht hatte. Mein Aufenthalt in Florenz neigte sich dem Ende zu, und es war wichtig, dass ich mich vor der Weiterreise der Wahrheit vergewisserte. Theobald hatte seine Unterkunft bis zuletzt geheim gehalten, und ich wusste überhaupt nicht, wo ich nach ihm suchen sollte. Der einfachste Weg bestand darin, sich über die Schönheit des Mercato Vecchio zu erkundigen, und ich gestehe, dass auch die unbefriedigte Neugier auf die Dame selbst dazu beigetragen hat. Vielleicht hatte ich ihr Unrecht getan, und sie war so unsterblich frisch und schön, wie man sie sich vorgestellt hatte. Auf jeden Fall wollte ich unbedingt noch einmal die reife Zauberin sehen, die zwanzig Jahre wie zwölf Monate vergehen ließ. Eines Morgens begab ich mich entsprechend zu ihrer Wohnung, stieg die endlose Treppe hinauf und erreichte ihre Tür. Es stand offen, und als ich zögerte, einzutreten, kam ein kleines Dienstmädchen klappernd mit einem leeren Wasserkocher herausgekommen, als hätte sie gerade eine herzhafte Besorgung erledigt. Auch die Innentür stand offen; So durchquerte ich den kleinen Vorraum und betrat das Zimmer, in dem ich zuvor empfangen worden war. Es hatte nicht seinen abendlichen Aspekt. Der Tisch oder ein Ende davon war für ein spätes Frühstück gedeckt, und davor saß ein Herr – zumindest ein Mann männlichen Geschlechts – und führte die Hinrichtung an einem Beefsteak mit Zwiebeln und einer Flasche Wein durch. Ihm zur Seite, in freundlicher Nähe, saß die Dame des Hauses. Als ich eintrat, war ihre Haltung nicht die einer Zauberin. Mit einer Hand hielt sie einen Teller mit rauchenden Makkaroni auf ihrem Schoß ; mit der anderen hatte sie einen der herabhängenden Fäden dieses saftigen Komplexes hoch in die Luft gehoben und war gerade dabei, ihn sanft in ihre Kehle gleiten zu lassen. Auf dem unbedeckten Ende des Tisches, ihrer Begleiterin zugewandt, standen ein halbes Dutzend kleine Statuetten aus einer schnupftabakfarbenen Substanz, die Terrakotta ähnelte. Er schwang leidenschaftlich sein Messer und betonte offenbar ihre Verdienste.

Offensichtlich habe ich die Tür abgedunkelt. Meine Gastgeberin ließ Liner Maccaroni in ihren Mund fallen und erhob sich hastig mit einem harschen Ausruf und einem geröteten Gesicht. Ich erkannte sofort, dass das Geheimnis der Signora Serafina noch wissenswerter war, als ich angenommen hatte, und dass der Weg, es zu erfahren, darin bestand, es als selbstverständlich hinzunehmen. Ich brachte mein bestes Italienisch zusammen, lächelte, verbeugte mich und entschuldigte mich für mein Eindringen; und in einem Moment hatte ich, ob ich nun den Ärger der Dame zerstreuen konnte oder nicht , zumindest ihre Besonnenheit angeregt. Ich sei willkommen, sagte sie; Ich muss Platz nehmen. Dies sei ein weiterer Freund von ihr – ebenfalls Künstler, erklärte sie mit einem fast liebenswürdigen Lächeln. Ihr Begleiter wischte sich den Schnurrbart und verneigte sich mit großer Höflichkeit. Ich sah auf den ersten Blick, dass er der Situation gewachsen war. Er war vermutlich der Autor der Statuetten auf dem Tisch, und er erkannte, dass ein *Förster Geld ausgab* , als er einen sah. Er war ein kleiner, drahtiger Mann mit einer klugen, frechen, hochgezogenen Nase, einem scharfen kleinen blauen Auge und gewachsten Enden an seinem Schnurrbart. Auf der Seite seines Kopfes trug er fröhlich eine kleine Rauchermütze aus purpurrotem Samt, und ich bemerkte, dass seine Füße in glänzenden Pantoffeln steckten. Als Serafina mit Würde bemerkte, dass ich der Freund von Herrn Theobald sei, brach er in jenes fantastische Französisch aus, mit dem gewisse Italiener so beharrlich verschwenderisch umgehen, und erklärte voller Inbrunst, dass Herr Theobald ein großartiges Genie sei.

„Ich weiß es sicher nicht", antwortete ich achselzuckend. „Wenn Sie in der Lage sind, es zu bestätigen, sind Sie mir gegenüber im Vorteil. Ich habe nichts von seiner Hand gesehen außer dem Bambino da drüben, was sicherlich in Ordnung ist."

Er erklärte, der Bambino sei ein Meisterwerk, ein reiner Corregio . „Es sei nur schade", fügte er mit wissendem Lachen hinzu, „dass die Skizze nicht auf einem guten Stück wabenförmiger alter Tafel angefertigt worden war." Die stattliche Serafina beteuerte daraufhin, dass Herr Theobald die Seele der Ehre sei und dass er sich niemals einer Täuschung beugen würde. „Ich bin kein Kenner von Genie", sagte sie, „und ich weiß nichts von Bildern." Ich bin nur eine arme, einfache Witwe; aber ich weiß, dass der Signor Teobaldo das Herz eines Engels und die Tugend eines Heiligen hat. Er ist mein Wohltäter", fügte sie sentimental hinzu. Das Nachglühen der etwas unheimlichen Röte, mit der sie mich begrüßt hatte, blieb noch in ihren Wangen und begünstigte vielleicht nicht ihre Schönheit; Ich konnte nicht umhin, es für eine kluge Sitte Theobalds zu halten, sie nur bei Kerzenlicht zu besuchen. Sie war grob und ihr Verehrer war ein Dichter.

„Ich habe die größte Wertschätzung für ihn", sagte ich; „Aus diesem Grund war es mir unangenehm, ihn zehn Tage lang nicht zu sehen. Hast du ihn gesehen? Ist er vielleicht krank?"

"Krank! Der Himmel bewahre !" rief Serafina mit echter Heftigkeit.

Ihr Begleiter stieß ein schnelles Schimpfwort aus und warf ihr vor, nicht bei ihm gewesen zu sein. Sie zögerte einen Moment; dann lächelte sie ein wenig und zügelte sich. „Er kommt zu mir – ohne Vorwurf! Aber es wäre für mich nicht dasselbe, zu ihm zu gehen, obwohl man ihn tatsächlich fast einen Mann mit heiligem Leben nennen könnte."

„Er hat die größte Bewunderung für dich", sagte ich. „Er hätte sich durch Ihren Besuch geehrt gefühlt."

Sie sah mich einen Moment lang scharf an. „Mehr Bewunderung als du. Gib zu dass!" Natürlich protestierte ich mit aller Eloquenz, die mir zur Verfügung stand, und meine geheimnisvolle Gastgeberin gestand dann, dass sie bei meinem früheren Besuch keine Sympathie für mich gehabt hatte und dass sie, da Theobald nicht zurückgekehrt war, glaubte, ich hätte seine Gedanken gegen sie vergiftet. „Es wäre keine Freundlichkeit gegenüber dem armen Herrn, das kann ich Ihnen sagen", sagte sie. „Seit Jahren kommt er jeden Abend zu mir. Es ist eine lange Freundschaft! Niemand kennt ihn so gut wie ich."

„Ich gebe nicht vor, ihn zu kennen oder zu verstehen“, sagte ich. „Er ist ein Rätsel! Dennoch kommt es mir ein wenig vor – “ Und ich berührte meine Stirn und wedelte mit der Hand in der Luft.

Serafina blickte ihre Begleiterin einen Moment lang an, als suche sie nach Inspiration. Er begnügte sich damit, mit den Schultern zu zucken, während er sein Glas erneut füllte. Daraufhin schenkte mir die *Padrona* ein sanfteres, einschmeichelndes Lächeln, als es auf einer so offenen Stirn zu erwarten gewesen wäre. „Deswegen liebe ich ihn!“ Sie sagte. „Die Welt hat so wenig Freundlichkeit für solche Menschen. Es lacht über sie, verachtet sie und betrügt sie. Er ist zu gut für dieses böse Leben! Es ist seine Vorstellung, dass er hier oben in meiner armen Wohnung ein kleines Paradies findet. Wenn er so denkt, wie kann ich dagegen vorgehen? Er hat den seltsamen Glauben – wirklich, ich sollte mich schämen, es Ihnen zu sagen –, dass ich der Heiligen Jungfrau ähnelte: Der Himmel vergib mir! Ich lasse ihn denken, was ihm gefällt, solange es ihn glücklich macht. Er war einmal sehr nett zu mir, und ich gehöre nicht zu den Menschen, die einen Gefallen vergessen . So empfange ich ihn jeden Abend höflich, frage nach seinem Befinden und lasse ihn mich von dieser und jener Seite betrachten! Im Übrigen, das kann ich ohne Eitelkeit sagen, war es einen Blick wert! Und er ist nicht immer lustig, armer Mann! Manchmal sitzt er eine Stunde lang da, ohne ein Wort zu sagen, oder er redet ununterbrochen über Kunst und Natur, Schönheit und Pflicht und fünfzig schöne Dinge, die für mich alle so sehr lateinisch sind. Ich bitte um Verständnis dafür, dass er nie ein Wort zu mir gesagt hat, dem ich nicht anständig zugehört hätte. Er ist vielleicht ein bisschen verrückt, aber er ist einer der gesegneten Heiligen.“

„Äh!“ rief der Mann, „die seligen Heiligen waren alle ein wenig verärgert!“

Ich vermutete, dass Serafina einen Teil ihrer Geschichte unerzählt ließ; aber sie erzählte genug davon, um die eigene Aussage des armen Theobald in ihrer erhabenen Einfachheit äußerst erbärmlich erscheinen zu lassen. „Es ist sicherlich ein seltsames Glück“, fuhr sie fort, „einen Freund wie diesen lieben Mann zu haben – einen Freund, der weniger als ein Liebhaber und mehr als ein Freund ist.“ Ich warf einen Blick auf ihren Begleiter, der ein undurchdringliches Lächeln bewahrte, die Spitze seines Schnurrbartes drehte und einen großen Bissen austrank. War *er* weniger als ein Liebhaber? „Aber was willst du haben?“ Serafina verfolgte. „In dieser harten Welt darf man nicht zu viele Fragen stellen; Man muss nehmen, was kommt, und behalten, was man bekommt. Ich habe meinen guten Freund zwanzig Jahre lang behalten, und ich hoffe, dass Sie, Signore, zu dieser Tageszeit nicht gekommen sind, um ihn gegen mich aufzubringen!“

Ich versicherte ihr, dass ich keine solche Absicht hatte und dass ich es zutiefst bereuen würde, Herrn Theobalds Gewohnheiten oder Überzeugungen gestört zu haben. Im Gegenteil, ich hatte Angst vor ihm und sollte mich sofort auf die Suche nach ihm machen. Sie gab mir seine Adresse und einen ausführlichen Bericht über ihr Leid über sein Nichterscheinen. Sie war aus verschiedenen Gründen nicht bei ihm gewesen; vor allem, weil sie Angst hatte, ihm zu missfallen, da er sein Zuhause immer so geheimnisvoll gemacht hatte. „Vielleicht haben Sie diesen Herrn geschickt!" Ich habe es gewagt, einen Vorschlag zu machen.

„Ah", rief der Herr, „er bewundert die Signora Serafina, aber mich würde er nicht bewundern." Und dann, vertraulich, mit dem Finger auf der Nase: „Er ist ein Purist!"

Ich wollte mich gerade zurückziehen, nachdem ich versprochen hatte, der Signora Serafina den Zustand meiner Freundin mitzuteilen, als ihr Begleiter, der vom Tisch aufgestanden war und anscheinend für den Anfang seine Lenden gegürtet hatte, mich sanft am Arm ergriff und mich voranführte die Reihe der Statuetten. „Ihrem Gespräch entnehme ich, Signore, dass Sie ein Förderer der Künste sind. Gestatten Sie mir, Ihre ehrenvolle Aufmerksamkeit für diese bescheidenen Produkte meines eigenen Einfallsreichtums zu erbitten . Sie sind brandneu, frisch aus meinem Atelier und wurden noch nie öffentlich ausgestellt. Ich habe sie hierher gebracht, um das Urteil dieser lieben Dame zu hören, die eine gute Kritikerin ist, auch wenn sie das Gegenteil behauptet. Ich bin der Erfinder dieses besonderen Statuettenstils – in Bezug auf Thema, Art, Material, alles. Berühre sie, ich bitte dich; Gehen Sie frei damit um – Sie brauchen keine Angst zu haben. So zart sie auch aussehen, es ist unmöglich, dass sie kaputt gehen! Meine verschiedenen Kreationen hatten großen Erfolg. Sie werden besonders von Amerikanern bewundert. Ich habe sie durch ganz Europa geschickt – nach London, Paris, Wien! Sie haben vielleicht einige kleine Exemplare in Paris auf dem Boulevard gesehen, in einem Geschäft, dessen Spezialität sie darstellen. Am Fenster herrscht immer ein Gedränge. Sie bilden einen sehr angenehmen Schmuck für den Kaminsims eines fröhlichen jungen Junggesellen, für das Boudoir einer hübschen Frau. Ein schöneres Geschenk kann man einer Person, mit der man einen harmlosen Witz austauschen möchte, nicht machen. Es ist natürlich keine klassische Kunst, Signore; Aber unter uns: Ist klassische Kunst nicht manchmal eher langweilig? Karikatur, Burleske, *la Charge* , wie die Franzosen sagen, war bisher auf Papier, auf Feder und Bleistift beschränkt. Jetzt war es meine Inspiration, es in die Bildhauerei einzuführen. Zu diesem Zweck habe ich eine eigenartige Kunststoffverbindung erfunden, die Sie mir gestatten, nicht preiszugeben. Das ist mein Geheimnis, Signore! Es ist so leicht, wie Kork, und doch so fest wie Alabaster! Ich gestehe offen, dass ich auf diesen kleinen chemischen Einfallsreichtum genauso stolz bin wie auf das andere Element der Neuheit in meinen Kreationen – meine Typen. Was sagen Sie zu meinen Typen,

Signore? Die Idee ist mutig; Kommt es dir glücklich vor? Katzen und Affen – Affen und Katzen – alles menschliche Leben ist da! Ich meine natürlich, das menschliche Leben, betrachtet mit dem Auge des Satirikers! Skulptur und Satire zu verbinden, Signore, war mein beispielloser Ehrgeiz. Ich schmeichele mir, dass ich nicht eklatant versagt habe."

Als dieser flotte Juvenal vom Kaminsims seine überzeugende Ansprache hielt, nahm er nacheinander seine kleinen Gruppen vom Tisch, hielt sie hoch, drehte sie um, klopfte sie mit den Fingerknöcheln und blickte sie liebevoll mit dem Kopf an Auf der einen Seite. Sie bestanden jeweils aus einer Katze und einem Affen, fantastisch drapiert, in einer absurd sentimentalen Verbindung. Sie zeigten eine gewisse Gleichheit der Motive und veranschaulichten hauptsächlich die verschiedenen Phasen dessen, was man in feinen Worten Galanterie und Koketterie nennen könnte; aber sie waren auffallend klug und ausdrucksstark und gleichzeitig sehr perfekte Katzen und Affen und sehr natürliche Männer und Frauen. Ich muss jedoch gestehen, dass es ihnen nicht gelungen ist, mich zu unterhalten. Ich war zweifellos nicht in der Stimmung, sie zu genießen, denn sie kamen mir besonders zynisch und vulgär vor. Ihre nachahmende Glückseligkeit war abstoßend. Als ich den selbstgefälligen kleinen Künstler schief ansah, sie zwischen Finger und Daumen schwang und sie mit verliebtem Blick streichelte, kam er mir selbst kaum mehr als ein außergewöhnlich intelligenter Affe vor. Ich brachte jedoch ein bewunderndes Grinsen auf, und er stieß einen weiteren Knaller aus. „Meine Figuren sind aus dem Leben studiert! Ich habe eine kleine Menagerie von Affen, deren Ausgelassenheit ich stundenlang betrachte. Was die Katzen angeht, muss man nur aus dem Hinterfenster schauen! Seit ich begonnen habe, diese ausdrucksstarken kleinen Tiere zu untersuchen, habe ich viele tiefgreifende Beobachtungen gemacht. Wenn ich zu einem Mann mit Fantasie spreche, Signore, kann ich sagen, dass meine kleinen Entwürfe nicht ohne eine eigene Philosophie sind. Ich weiß wirklich nicht, ob die Katzen und Affen uns nachahmen oder ob wir es sind, die sie nachahmen." Ich gratulierte ihm zu seiner Philosophie und er fuhr fort: „Sie werden die Ehre nutzen , zuzugeben, dass ich meine Themen mit Feingefühl behandelt habe. Äh, es war nötig, Signore! Ich war frei, aber nicht zu frei – oder? Nur ein Hinweis, wissen Sie! Sie können so viel oder so wenig sehen, wie Sie möchten. Diese kleinen Gruppen sind jedoch kein Maßstab für meine Erfindung. Wenn Sie mich mit einem Besuch in meinem Studio beauftragen , werden Sie meiner Meinung nach zugeben, dass meine Kombinationsmöglichkeiten wirklich unendlich sind. Ich führe auch Figuren auf Befehl aus. Sie haben vielleicht ein kleines Motiv – die Frucht Ihrer Lebensphilosophie, Signore –, das Sie gerne interpretiert hätten. Ich kann versprechen, dass ich alles zu Ihrer Zufriedenheit erledigen werde. es soll so bösartig sein, wie du willst! Gestatten Sie mir, Ihnen meine Karte zu überreichen und Sie daran zu erinnern, dass meine Preise moderat sind. Nur

60 Franken für so eine kleine Gruppe. Meine Statuetten sind so haltbar wie Bronze – *ære perennius* , Signore – und unter uns gesagt, ich finde sie amüsanter!"

Als ich seine Karte einsteckte, warf ich einen Blick auf Madonna Serafina und fragte mich, ob sie ein Auge für Kontraste hatte. Sie hatte eines der kleinen Pärchen hochgehoben und staubte es vorsichtig mit einem Federbesen ab.

Was ich gerade gesehen und gehört hatte, hatte mein mitfühlendes Interesse an meiner verblendeten Freundin so sehr vertieft, dass ich kurzfristig Urlaub nahm und mich direkt auf den Weg zu dem Haus machte, das dieser bemerkenswerten Frau zugewiesen worden war. Es befand sich in einer dunklen Ecke auf der gegenüberliegenden Seite der Stadt und machte einen düsteren und schäbigen Eindruck. Als ich mich nach Theobald erkundigte, führte mich eine alte Frau in der Tür mit einem gemurmelten Segen und einem Ausdruck der Erleichterung darüber, dass der arme Herr einen Freund hatte, herein. Seine Unterkunft schien aus einem einzigen Zimmer oben im Haus zu bestehen. Da auf mein Klopfen keine Antwort kam, öffnete ich die Tür in der Annahme, er sei abwesend, und es erfüllte mich mit einem gewissen Schock, ihn hilflos und stumm da sitzen zu sehen. Er saß in der Nähe des einzelnen Fensters, vor einer Staffelei, auf der eine große Leinwand stand. Als ich eintrat, sah er ausdruckslos zu mir auf, ohne seine Haltung zu ändern, die völliger Mattigkeit und Niedergeschlagenheit entsprach, die Arme locker verschränkt, die Beine vor sich ausgestreckt, den Kopf an die Brust hängend. Als ich den Raum betrat, bemerkte ich, dass sein Gesicht deutlich mit seiner Haltung übereinstimmte. Er war blass, abgemagert und unrasiert, und sein trübes, eingefallenes Auge starrte mich an, ohne einen Funken des Erkennens zu erkennen. Ich hatte befürchtet, dass er mich mit heftigen Vorwürfen begrüßen würde, als der grausam aufdringliche Gönner, der seine Zufriedenheit in Bitterkeit verwandelt hatte, und war erleichtert, als ich feststellte, dass mein Erscheinen keinen sichtbaren Groll hervorrief. „Kennst du mich nicht?" Ich fragte, als ich meine Hand ausstreckte. „Hast du mich schon vergessen?"

Er antwortete nicht, behielt dummerweise seine Position bei und ließ mich im Raum umherstarren. Es sprach höchst klagend für sich. Schäbig, schmutzig, nackt enthielt es außer dem elenden Bett nur die spärlichsten Vorkehrungen für persönlichen Komfort. Es war Schlafzimmer und Atelier zugleich – ein düsteres Gespenst eines Ateliers. Ein paar staubige Abgüsse und Drucke an den Wänden, drei oder vier alte Leinwände, die mit der Vorderseite nach innen gedreht waren, und ein rostig aussehender Farbkasten bildeten zusammen mit der Staffelei am Fenster die Summe seiner Utensilien. Der Ort roch schrecklich nach Armut. Sein einziger Reichtum war das Bild auf der Staffelei, vermutlich die berühmte Madonna.

Da es von der Tür entfernt war, konnte ich sein Gesicht nicht sehen; aber schließlich ging ich, angewidert von dem leeren Elend des Ortes, eifrig und zärtlich hinter Theobald her. Ich kann kaum sagen, dass ich von dem, was ich vorfand, überrascht war – eine Leinwand, die nur noch eine leere Leinwand war, rissig und mit der Zeit verfärbt . Das war sein unsterbliches Werk! Obwohl ich nicht überrascht war, gestehe ich, dass ich sehr bewegt war, und ich glaube, dass ich mir fünf Minuten lang nicht zutrauen konnte, zu sprechen. Endlich berührte ihn meine stille Nähe; Er bewegte sich und drehte sich um, dann erhob er sich und sah mich mit einem langsam aufleuchtenden Blick an. Ich murmelte ein wenig sinnloses Gerede darüber, dass er krank sei und Rat und Pflege benötige, aber er schien in die Anstrengung versunken zu sein, sich genau an das zu erinnern, was zuletzt zwischen uns vorgefallen war. „Du hattest recht", sagte er mit einem erbärmlichen Lächeln, „ich bin ein Trödel!" Ich bin ein Versager! Ich werde nichts mehr auf dieser Welt tun. Du hast mir die Augen geöffnet; und obwohl die Wahrheit bitter ist, hege ich keinen Groll gegen dich. Amen! Ich sitze hier seit einer Woche, Angesicht in Angesicht mit der Wahrheit, mit der Vergangenheit, mit meiner Schwäche, meiner Armut und meiner Nichtigkeit. Ich werde niemals einen Pinsel berühren! Ich glaube, ich habe weder gegessen noch geschlafen. Schauen Sie sich diese Leinwand an!" Er fuhr fort, während ich meine Gefühle mit der dringenden Bitte linderte, mit mir nach Hause zu kommen und zu Abend zu essen. „Das hätte mein Meisterwerk enthalten sollen! Ist das nicht eine vielversprechende Grundlage? Die Elemente davon sind alle *hier* ." Und er tippte sich mit jener mystischen Zuversicht an die Stirn, die diese Geste schon zuvor geprägt hatte. „Wenn ich sie nur in ein Gehirn übertragen könnte, das die Hand, den Willen hat! Seitdem ich hier sitze und eine Bestandsaufnahme meines Geistes mache, bin ich zu der Überzeugung gekommen, dass ich das Material für hundert Meisterwerke habe. Aber meine Hand ist jetzt gelähmt und sie werden nie bemalt. Ich habe nie angefangen! Ich wartete und wartete darauf, würdiger zu sein, damit anzufangen, und verschwendete mein Leben mit der Vorbereitung. Während ich mir einbildete, dass meine Schöpfung wuchs, starb sie. Ich habe es allzu schwer genommen! Michael Angelo tat es nicht, als er im Lorenzo war! Er hat bei einem Wagnis sein Bestes gegeben, und sein Wagnis ist unsterblich. *Das ist* meins!" Und er zeigte mit einer Geste, die ich nie vergessen werde, auf die leere Leinwand. „Ich nehme an, dass wir im Plan der Vorsehung eine eigenständige Gattung sind – wir Talente, die nicht handeln können, die weder tun noch wagen können!" Wir bringen es zum Ausdruck in Gesprächen, in Plänen und Versprechen, in Studien, in Visionen! Aber unsere Visionen, das sage ich Ihnen ", rief er und warf den Kopf zurück, „haben eine Art, brillant zu sein, und ein Mann hat nicht umsonst gelebt, der die Dinge gesehen hat, die ich gesehen habe!" Natürlich wirst du nicht an sie glauben, wenn ich ihnen nur dieses Stück wurmstichiges

Tuch zeigen kann; Aber um Sie zu überzeugen, die Welt zu verzaubern und in Erstaunen zu versetzen, brauche ich nur die Hand von Raphael. Sein Gehirn habe ich bereits. Schade, werden Sie sagen, dass ich seine Bescheidenheit nicht habe! Ach, lass mich jetzt prahlen und plappern; Es ist alles, was ich noch habe! Ich bin ein halbes Genie! Wo in aller Welt ist meine andere Hälfte? Eingebettet vielleicht in die vulgäre Seele, die schlauen, bereitwilligen Finger eines langweiligen Kopisten oder eines trivialen Handwerkers, der Dutzende seiner leichten Wundertalente hervorbringt! Aber es steht mir nicht zu, ihn zu verspotten; er tut zumindest etwas. Er ist kein Trödel! Gut für mich, wenn ich vulgär, klug und rücksichtslos gewesen wäre, wenn ich meine Augen hätte schließen und den Sprung wagen können."

Was man dem armen Kerl sagen und was man für ihn tun sollte, schien schwer zu entscheiden; Ich hatte vor allem das Gefühl, dass ich den Bann seiner gegenwärtigen Untätigkeit brechen und ihn aus der unheimlichen Atmosphäre des kleinen Raums entfernen musste, dessen Bezeichnung als Atelier eine grausame Ironie war. Ich kann nicht sagen, dass ich ihn überredet habe, mit mir herauszukommen; er ließ sich einfach führen, und als wir anfingen, im Freien zu gehen, konnte ich seinen erbärmlich geschwächten Zustand würdigen. Dennoch schien er irgendwie wieder aufzuwachen und murmelte schließlich, dass er gerne in die Pitti-Galerie gehen würde. Ich werde nie unseren melancholischen Spaziergang durch diese prächtigen Säle vergessen, bei denen jedes Bild an den Wänden, selbst in meinem eigenen mitfühlenden Blick, in einer Art unverschämter Erneuerung von Stärke und Glanz zu leuchten schien . Die Augen und Lippen der großen Porträts schienen in unbeschreiblicher Verachtung über den niedergeschlagenen Prätendenten zu lächeln, der davon geträumt hatte, mit ihren siegreichen Autoren zu konkurrieren; Die himmlische Offenheit sogar der Madonna auf dem Stuhl, als wir in vollkommener Stille vor ihr innehielten, war mit der finsteren Ironie der Frauen von Leonardo gefärbt. Tatsächlich kennzeichnete vollkommene Stille unseren gesamten Fortschritt – die Stille eines tiefen Abschieds; denn während Theobald, auf meinen Arm gestützt, einen schweren Fuß nach dem anderen hinter sich herschleppte, fühlte ich in meinem ganzen Puls, dass es ihm schlecht ging. Als wir herauskamen, war er so erschöpft, dass ich ihn nicht zum Essen in mein Hotel brachte, sondern eine Kutsche rief und ihn direkt zu seiner eigenen ärmlichen Unterkunft fuhr. Er war in eine außergewöhnliche Lethargie versunken; Er lag mit geschlossenen Augen totenbleich in der Kutsche, sein schwacher Atem wurde von Zeit zu Zeit von einem plötzlichen Keuchen unterbrochen, wie ein unterdrücktes Schluchzen oder ein vergeblicher Versuch zu sprechen. Mit Hilfe der alten Frau, die mich zuvor aufgenommen hatte und aus einem dunklen Hinterhof hervorkam, gelang es mir, ihn die lange steile Treppe hinaufzuführen und auf sein elendes Bett zu legen. Ich übertrug ihr die

Obhut, während ich mich in aller Eile darauf vorbereitete, einen Arzt aufzusuchen. Aber sie folgte mir mit kläglichem Händeschütteln aus dem Zimmer.

„Armer, lieber, gesegneter Herr", murmelte sie; „Stirbt er?"

"Möglicherweise. Wie lange ist er schon so?"

„Seit einer bestimmten Nacht vor zehn Tagen ist er verstorben. Ich kam am Morgen herauf, um sein armes Bett zu machen, und fand ihn in seinen Kleidern sitzend vor der großen Leinwand, die er dort aufbewahrt. Armer, lieber, fremder Mann, er spricht seine Gebete dazu! Er war seitdem nicht mehr richtig im Bett gewesen! Was ist mit ihm passiert? Hat er von der Serafina erfahren?" flüsterte sie mit glitzernden Augen und einem zahnlosen Grinsen.

„Beweisen Sie wenigstens, dass eine alte Frau treu sein kann", sagte ich, „und passen Sie gut auf ihn auf, bis ich zurückkomme." Meine Rückkehr verzögerte sich durch die Abwesenheit des englischen Arztes, der auf einer Besuchsrunde war und den ich vergeblich von Haus zu Haus verfolgte, bevor ich ihn einholte. Ich brachte ihn nicht zu früh an Theobalds Bett. Ein heftiges Fieber hatte unseren Patienten gepackt, und der Fall war offensichtlich ernst. Ein paar Stunden später wusste ich, dass er Hirnfieber hatte. Von diesem Moment an war ich ständig bei ihm; aber ich bin weit davon entfernt, seine Krankheit beschreiben zu wollen. Der Anblick war äußerst schmerzhaft, erfreulicherweise aber kurz. Das Leben brannte im Delirium aus. Besonders eine Nacht, in der ich an seinem Kissen verbrachte und seinen wilden Ausbrüchen des Bedauerns, des Strebens, der Verzückung und Ehrfurcht vor den gespenstischen Bildern lauschte, von denen sein Gehirn zu wimmeln schien, kommt mir jetzt wieder in Erinnerung wie eine verirrte Seite aus einem verlorenes Meisterwerk der Tragödie. Noch vor Ablauf einer Woche hatten wir ihn auf dem kleinen protestantischen Friedhof auf dem Weg nach Fiesole begraben. Die Signora Serafina, die ich über seine Krankheit informieren ließ, sei persönlich gekommen, um sich nach dem Krankheitsverlauf zu erkundigen; aber sie war bei seiner Beerdigung, an der nur wenige Trauergäste teilnahmen, nicht anwesend. Ein halbes Dutzend alter florentinischer Gäste hatten trotz der langen Entfremdung, die seinem Tod vorausgegangen war, den freundlichen Drang verspürt, sein Grab zu ehren . Unter ihnen war meine Freundin Mrs. Coventry, die ich bei meiner Abreise in ihrer Kutsche am Tor des Friedhofs wartend vorfand.

„Nun", sagte sie und milderte schließlich mit einem bedeutungsvollen Lächeln die Feierlichkeit unserer unmittelbaren Begrüßung, „und die große Madonna? Hast du sie schließlich gesehen?"

„Ich habe sie gesehen", sagte ich; „Sie gehört mir – durch Vermächtnis. Aber ich werde sie dir niemals zeigen."

„Und warum nicht, bitte?"

„Meine liebe Frau Coventry, Sie würden sie nicht verstehen!"

„Auf mein Wort, Sie sind höflich."

"Verzeihung; Ich bin traurig und verärgert und verbittert." Und mit verwerflicher Unhöflichkeit marschierte ich davon. Ich konnte es kaum erwarten, Florenz zu verlassen; Der dunkle Geist meines Freundes schien in allen Dingen verbreitet zu sein. Ich hatte meinen Koffer gepackt, um in dieser Nacht nach Rom aufzubrechen, und um meine Unruhe zu vertreiben, lief ich unterdessen ziellos durch die Straßen. Der Zufall führte mich schließlich zur Kirche San Lorenzo. Ich erinnerte mich an den Ausspruch des armen Theobald über Michael Angelo – „ Er tat sein Bestes bei einem Wagnis" – und ging hinein und wandte mich der Grabkapelle zu. Als ich traurig die Traurigkeit seiner unsterblichen Schätze betrachtete, kam es mir, während ich dort stand, vor, dass sie keine ausführlicheren Kommentare brauchten als diese einfachen Worte. Als ich die Kirche erneut durchquerte, um sie zu verlassen, begegnete mir eine Frau, die sich von einem der Seitenaltäre abwandte, von Angesicht zu Angesicht. Der schwarze Schal, der von ihrem Kopf herabhing, umhüllte malerisch das schöne Gesicht von Madonna Serafina. Sie blieb stehen, als sie mich erkannte , und ich sah, dass sie etwas sagen wollte. Ihre Augen leuchteten, und ihr üppiger Busen hob sich auf eine Weise, die eine gewisse Schärfe des Vorwurfs anzudeuten schien. Aber der Ausdruck meines eigenen Gesichts verriet offenbar ihren Groll, und sie sprach mich in einem Ton an, in dem die Bitterkeit durch eine Art hartnäckige Resignation gemildert wurde. „Ich weiß, dass du es warst, der uns getrennt hat", sagte sie. „Es war schade, dass er dich jemals zu mir gebracht hat! Natürlich konntest du nicht so über mich denken wie er. Nun, der Herr hat ihn gegeben, der Herr hat ihn genommen. Ich habe gerade eine neuntägige Messe für seine Seele bezahlt. Und eines kann ich Ihnen sagen, Signore: Ich habe ihn nie getäuscht. Wer hat sich in den Kopf gesetzt, dass ich von heiligen Gedanken und schönen Phrasen leben muss? Es war seine eigene Einbildung, und es gefiel ihm, so zu denken. – Hat er viel gelitten?" fügte sie nach einer Pause leiser hinzu.

„Seine Leiden waren groß, aber sie waren kurz."

„Und hat er von mir gesprochen?" Sie hatte gezögert und den Blick gesenkt; Sie richtete ihre Frage an sie und offenbarte in ihrer düsteren Stille einen Schimmer weiblichen Selbstvertrauens, der für einen Moment ihre Schönheit wiederbelebte und erhellte. Armer Theobald! Welchen Namen er seiner

Leidenschaft auch gegeben hatte, es waren immer noch ihre schönen Augen, die ihn bezaubert hatten.

„Seien Sie zufrieden, Madam", antwortete ich ernst.

Sie senkte wieder den Blick und schwieg. Dann stieß sie einen tiefen Seufzer aus, während sie ihren Schal zusammenraffte : „ Er war ein großartiges Genie!"

Ich verbeugte mich und wir trennten uns.

Als ich auf dem Rückweg zu meinem Hotel durch eine schmale Seitenstraße ging, bemerkte ich über einem Eingang ein Schild, das ich anscheinend schon einmal gelesen hatte. Plötzlich fiel mir ein, dass es mit der Aufschrift einer Karte identisch war, die ich eine Stunde lang in meiner Westentasche getragen hatte. Auf der Schwelle stand der geniale Künstler, dessen Anspruch auf öffentliche Gunst dadurch deutlich zum Ausdruck kam, rauchte eine Pfeife in der Abendluft und gab einer seiner unnachahmlichen „Kombinationen" mit einem Lappen den letzten Schliff. Ich habe die ausdrucksstarke Locke einiger Schwänze eingefangen. Er erkannte mich, nahm seine kleine rote Mütze mit einer äußerst unterwürfigen Verbeugung ab und bedeutete mir, sein Atelier zu betreten. Ich erwiderte seinen Gruß und ging weiter, verärgert über die Erscheinung. Eine Woche lang danach, wann immer ich zwischen den Ruinen des triumphalen Roms von einer besonders ergreifenden Erinnerung an Theobalds transzendente Illusionen und sein beklagenswertes Scheitern erfasst wurde, schien ich ein phantastisches, unverschämtes Gemurmel zu hören: „Katzen und Affen, Affen und Katzen; alles menschliche Leben dort!"

www.ingramcontent.com/pod-product-compliance
Lightning Source LLC
LaVergne TN
LVHW091141180726
843490LV00008B/3122